一念放下，万般自在

丰子恺散文精选集

丰子恺 著

贵州出版集团
贵州人民出版社

只 为 优 质 阅 读

好
读

Goodreads

夕暮的紫色中，
炎阳的红味渐渐消减，
凉夜的青味渐渐加浓起来。

人间的事，只要生机不灭，
即使重遭天灾人祸，暂被阻抑，
终有抬头的日子。

上了车纷争座位，下了车各自回家。
在车厢中留心保管你的车票，
下车时把车票原物还他。

我的心为四事所占据了，
天上的神明与星辰，
人间的艺术与儿童。

秋天的云，
大都是一朵一朵地分散而疏密无定的。
这颇像胡桃云片上的模样。

山水间的生活，
因为需要不便而菜根更香，豆腐更肥。
因为寂寥而邻人更亲。

人的生活，
有了『等差』，便有『比较』，
有了『比较』，便有『苦乐』，
有了『苦乐』，便有『问题』。

因误认而受敬，
因误认而被骂。
世间的毁誉荣辱，
有许多是这样的。

目　录

Contents

壹　世间万物，有灵且美

夕暮的紫色中，炎阳的红味渐渐消减，凉夜的青味渐渐加浓起来。

贰　众生百相，各自安好

上了车纷争座位，下了车各自回家。在车厢中留心保管你的车票，下车时把车票原物还他。

叁　生活悠然，恬淡快活

山水间的生活，因为需要不便而菜根更香，豆腐更肥。因为寂寥而邻人更亲。

肆　人生无常，宠辱不惊

因误认而受敬，因误认而被骂。世间的毁誉荣辱，有许多是这样的。

壹 ……

世间万物，有灵且美

夕暮的紫色中，炎阳的红味渐渐消减，
凉夜的青味渐渐加浓起来。

生机

去年除夕夜买的一球水仙花，养了两个多月，直到今天方才开花。

今春天气酷寒，别的花木萌芽都迟，我的水仙尤迟。因为它到我家来，遭了好几次灾难，生机被阻抑了。

第一次遭的是旱灾，其情形是这样：它于去年除夕到我家，当时因为我的别寓里没有水仙花盆，我特为跑到瓷器店去买一只纯白的瓷盘来供养它。这瓷盘很大，很重，原来不是水仙花盆。据瓷器店里的老头子说，它是光绪年间的东西，是官场中请客时用以盛某种特别肴馔的家伙。只因后来没有人用得着它，至今没有卖脱。我觉得普通所谓水仙花盆，长方形的、扇形的，在过去的中国画里都已看厌了，而且形式都不及这家伙好看，就假定这家伙是为我特制的水仙花盆，买了它来，给我的水仙花配合，形状色彩都很调和。看它们在寒窗下绿白相映，素艳可喜，谁相信这是官场中盛酒肉的东西？可是它们结合不到一个月，就要别离。为的是我要到石门湾去过阴历年，预期在缘缘堂住一个多月，希望把这水仙花带回去，看它开花才好。如何带法？颇费踌躇：叫工人阿毛拿了这盆水仙花乘火车，恐怕有人说阿毛提倡风雅；把它装进皮箱里，又不可能。于是阿毛提议：“盘儿不要它，水仙花拔起来装在饼干箱里，携了上车，到家不过三四个钟头，不会旱杀的。”我通过了。水仙就与盘暂别，坐在饼干箱里旅行。回到家里，大家纷忙得很，我也忘记了水仙花。三天之后，阿毛突然说起，我猛然觉悟，找寻它的下落，原来被人当作饼干，搁在石灰甏上。连忙取出一看，绿叶憔悴，根须焦黄。阿毛说“勿碍”，立刻把它供养在家里旧有的水仙花盆中，又放些白糖在水里。幸而果然勿碍，过了几天它又欣欣向荣了。是为第一次遭的旱灾。

第二次遭的是水灾，其情形是这样：家里的水仙花盆中，原有许多色泽很美丽的雨花台石子。有一天早晨，被孩子们发见[①]了，水仙花就遭殃：他们说石子里统是灰尘，埋怨阿毛不先将石子洗净，就代替他做这番工作。他们把水仙花拔起，暂时养在脸盆里，把石子倒在另一脸盆里，掇到墙角的太阳光中，给它们一一洗刷。雨花台石子浸着水，映着太阳光，光泽、色彩、花纹，都很美丽。有几颗可以使人想象起“通灵宝玉”来。看的人越聚越多，孩子们尤多，女孩子最热心。她们把石子照形状分类，照色彩分类，照花纹分类；然后品评其好坏，给每块石子打

---

① “发见”，现作“发现”。

起分数来；最后又利用其形色，用许多石子拼起图案来。图案拼好，她们自去吃年糕了！年糕吃好，她们又去踢毽子了；毽子踢好，她们又去散步了。直到晚上，阿毛在墙角发见了石子的图案，叫道："咦，水仙花哪里去了？"东寻西找，发见它横卧在花台边上的脸盆中，浑身浸在水里。自晨至晚，浸了十来个小时，绿叶已浸得发肿，发黑了！阿毛说"勿碍"，再叫小石子给它扶持，坐在水仙花盆中。是为第二次遭的水灾。

第三次遭的是冻灾，其情形是这样的：水仙花在缘缘堂里住了一个多月。其间春寒太甚，患难迭起。其生机被这些天灾人祸所阻抑，始终不能开花。直到我要离开缘缘堂的前一天，它还是含苞未放。我此去预定暮春回来，不见它开花又不甘心，以问阿毛。阿毛说："用绳子穿好，提了去！这回不致忘记了。"我赞成。于是水仙花倒悬在阿毛的手里旅行了。它到了我的寓中，仍旧坐在原配的盆里。雨水过了，不开花。惊蛰过了，又不开花。阿毛说："不晒太阳的缘故。"就掇到阳台上，请它晒太阳。今年春寒殊甚，阳台上虽有太阳光，同时也有料峭的东风，使人立脚不住。所以人都闭居在室内，从不走到阳台上去看水仙花。房间内少了一盆水仙花也没有人查问。直到次日清晨，阿毛叫了："啊哟！昨晚水仙花没有拿进来，冻杀了！"一看，盆内的水连底冻，敲也敲不开；水仙花里面的水分也冻，其鳞茎冻得像一块白石头，其叶子冻得像许多翡翠条。赶快拿进来，放在火炉边。久而久之，盆里的水融了，花里的水也融了；但是叶子很软，一条一条弯下来，叶尖儿垂在水面。阿毛说“乌者[①]”，我觉得的确有些儿“乌”，但是看它的花蕊还是笔挺地立着，想来生机没有完全丧尽，还有希望。以问阿毛，阿毛摇头，随后说：“索性拿到灶间里去，暖些，我也可以常常顾到。”我赞成。垂死的水仙花就被从房中移到灶间。是为第三次遭的冻灾。

谁说水仙花清高？它也像普通人一样，需要烟火气的。自从移入灶间之后，叶子渐渐抬起头来，花苞渐渐展开。今天花儿开得很好了！阿毛送它回来，我见了心中大快。此大快非仅为水仙花。人间的事，只要生机不灭，即使重遭天灾人祸，暂被阻抑，终有抬头的日子。个人的事如此，家庭的事如此，国家、民族的事也如此。

---

① 意即糟了。

物语

晴爽的五月的清晨，缘缘堂主人早起，以杨柳枝漱口，饮清水一大杯，燃土耳其卷烟一支，走近堂楼窗际，凭栏闲眺庭中的景物，作如是想：

“葡萄也贪肥。用了半张豆饼，这几天就青青满棚。且有许多藤蔓长出棚外，颤袅空中，在那里要求延长棚架了。那嫩叶和卷须中间，已有无数绿色的小珠，这些将来都是结葡萄的。预想今年新秋，棚下果实累累，色如琥珀，大如鸟卵，味甘可口，专供我随意摘食。半张豆饼的饲养，换得它这许多的报效，这植物真可谓有益于人生而尽忠于主人的了。去年夏秋，主人客居他方，听说它生得很少而小而无味。今年主人将在此过夏秋，它颇能体贴人意，特地多抽条枝，将以博主人之欢。你看：那嫩叶儿在朝阳中向我微笑，那藤蔓儿在晨风中向我点头，仿佛在说：‘我们都是为你生的呀！’

“南瓜秧也真会长！不多天之前撒下几颗南瓜子，现在变成了一座小林。那些茎儿肥胖得像许多青虫。那子叶长大得像两个浮萍。有些子叶上面还顶着一张带泥的南瓜子壳，仿佛在对我证明：‘诺！我确是从你所撒下的那颗瓜子里长出来的呀！’我预备这几天就给它分秧。掘几枝种在平屋后面的小天井里，让它们长大来爬到平屋上。再掘几枝种在灶间后面的阴沟旁，让它们长大来爬在灶间上。南瓜的确是一种最可爱的作物。你想，一粒瓜子放在墙下的泥里，自会迅速地长出蔓来，缘着竹竿爬到人家的屋上。不到半年，居然会变出十七八个果实来，高高地横卧在屋顶，专让屋主随时取食，教外人无法偷取。这不是最尽忠于主人的作物么？况且果实又肥又大，半个南瓜可烧一锅，滋味又甜又香，又可点饥，又易消化。这不是最有益于人生的植物吗？它那青虫似的苗秧，含蓄着无限的生产力，怀抱着无限为人服务的忠诚。古人咏小松曰：‘时人不识凌云木，直待凌云始道高。’这两句正可拜借来赞咏我眼前的南瓜秧。看哪，许多南瓜秧在微风中摇摆着。它们大约知道我正在赞赏它们，故而装出这得意的样子来酬答我，仿佛在对我说：‘我的出身虽然这么微贱，但是我有着凌云之志，将来定要飞黄腾达，以报答你的养育之恩！’

“鸽子们一齐在棚里吃早食了。雌的已会生蛋。它们对主人真亲善：每逢一只雌鸽子生了两个蛋，倘这里的小主人取食一个，它能补生一个。倘再取食一个，它能再补生一个，绝无吝色，永不表示反抗。现在我要阻止这里的小主人取食鸽蛋，让它们多孵小鸽子。将来小鸽子多了，我定要把棚扩大且加以改良，让它们住得舒服。因为它们对我的服务实在太忠诚了：我每逢出门，带几只在身边，到了远方，要使这里的主母知道我的行踪和起居，可写一封信缚在鸽子的脚上，叫它飞送。一霎儿它就带了信回家，报告主母，比航空邮便还快，比挂号信还妥当。不但省了我许多邮票，又给我许多便利，外加添了我家庭中的许多趣味。这是何等有智慧而通人意的一种小动物！我誓不杀食你们的肉，我誓愿养杀你们[1]。啊，它们仰起头来望我了！啊，它们‘咕，咕’地对我叫了。这明明是对我表示亲爱，仿佛在说：Good morning！Good morning！（早安！早安！）

“黑猫把头钻在门槛底下做什么？不错！它是在那里为我驱逐老鼠。门槛底下的洞正是老鼠出没的地方。前天我亲眼看见两只大老鼠被它追赶，仓皇地逃进这洞里去。以前我家老鼠多而且凶。白昼常常横行，晚上更闹得人不能睡眠。抽斗都变成了老鼠的便所，人所吃的都是老鼠的残食。原稿纸在桌上放过一夜，添上了老鼠的小便痕。孩子们把几粒花生米在衣袋里放过一夜，明天连衣襟都被咬破。自从这只黑猫来到我家以后，老鼠忽然肃清，家人方得安眠。真是除暴安良，驱邪降福。它的服务多么忠诚勤恳：晚间通夜不睡，放大了两个瞳孔，在满间屋子里巡查侦缉。白天偶尔歇息，也异常警惕。听见墙角‘吱吱’一声，就猛然惊醒，勇往直前，爪牙交加，务须驱之屋外，或置之死地而后已。即使在吃饱的时候，看见了老鼠也绝不放过，宁可不吃，不

① 养杀你们，意即供养你们一辈子直到老死。

可不杀。总之，它的捕鼠非为一己口腹之欲，全为我家除害。故终日终夜惶惶然，唯恐老鼠伤害了我家的一草一木。它仰起头，竖起尾巴，向我‘咪呜，咪呜’地叫了。这神气多么威武，这声音又多么柔媚！好似一员小将杀退了毛贼，归来向国王献捷的模样。”

缘缘堂主人作如是想毕，满心欢喜，得意扬扬，深深地吸入一口土耳其卷烟，喷出烟气与屋檐齐高。然后暂闭两目，意欲在晨曦中静养其平旦之气。忽闻庭中吃吃作笑，呜呜作声，似有人为不平之鸣者。倾耳而听，最先说话的是葡萄：

“哈，哈，这老头子发痴！他以为我是为他生的。人类真是何等傲慢而丑恶的动物！我受天之命而降生，借自然之力而成长，何干于你？我在这里享乐我自己的生命，繁殖我自己的种子，何尝为你而生？你在我的根上放下半张豆饼，为我造棚，自以为对我有培养之恩吗？我实在不愿受这种恩，这非但对我自己的生活毫无益处，实在伤害了我！你知道吗：我本来生在山野，泥土是适我胃口的食粮，雨露是使我健康的饮料，岩壁丘壑是我的本宅，那时我的藤蔓还要粗，我的种子还要多，我的攀缘力与繁殖力比现在强得多。自从被你们人类取来豢养之后，硬要我吃过量的食料，硬把我拘束在机械的棚上，还要时时弯曲我的藤蔓，教我削足适履；裁剪我的枝叶，使我畸形发展。于是我的藤蔓变成如此细弱，我的种子变得如此臃肿。我的全身被你们造成了残废的模样。你称赞我的种子色如琥珀，大如鸟卵。其实这在我是生赘疣，生鼓胀，生小肠气病，都是你害我的！你反道这是我对你的恩惠的报效，反道我尽忠于你，真是荒天下之大唐！尤可笑者，去年我生得少，你以为是你不在家的缘故；今年我生得多，你以为是博你的欢。我又不是你的情人，为你离家而憔悴；又不是你的奴隶，在你面前献媚！告诉你吧：我因生理的关系，要隔年繁荣一次。你偶然凑巧，就以为我逢迎你，真真见鬼！人类往往作这种狂妄的态度：回家偶逢花儿未落就说它'留待主人归'；送别偶逢鸟儿闲啼，就以为'恨别鸟惊心'；出门偶逢天晴，自以为'天佑'，岂不可笑？我们与你同是天之生物，平等地站在这世间，各自谋生，各自繁殖，我们岂是为你们而存在？你以为我在微笑，在点头。其实我在悲叹，在摇头。为了你强迫我吃了半张豆饼，剪去了我许多枝叶，眼见得今秋的果实又要弄得臃肿不堪，给你们吞食殆尽，不留一粒种子。昨天隔壁三娘娘家的母猪偶然到这里来玩，我曾经同她互相悲叹愤慨。我和她同样也受你们的'非生物道'的虐待，大家变得臃肿残废而膏你们的口腹。人类真是何等野蛮的东西！自己也是生物，却全不顾'生物道'，一味自私自利，有我无人。还要一厢情愿，得意扬扬。天下的傲慢与丑恶，无过于人类了！"下面继续起来的谩骂之声，是那短小精悍的南瓜秧所发的：

"人类不但傲慢而丑恶，简直是热昏[①]！不要脸！他们自恃

① 热昏，江南一带方言，意即昏了头。

力强，公然侵略一切弱小生物。‘弱肉强食’在这世间已成了一般公理；倘然侵略者的态度坦白，自认不讳，倒还有一点可佩服；可是他们都鬼头鬼脑，花言巧语，自命为‘万物灵长’，以为其他一切生物皆为人而生，真是十八刀钻不出血的老皮面！葡萄伯伯的抗议，我不但完全同情，且觉得措辞太客气了。人这种野蛮东西，对他们用什么客气？你不知道我吃了他们多少苦头，才挣得这条小性命呢。我的母亲是一个体格强壮而身材苗条的健全的生物，被他们残忍地腰斩了，切成千块万块，放在锅子里烧到粉骨碎身。那时我同众兄弟们还在娘肚皮里，被他们堕胎似的取出，盛在篮里，放在太阳光里晒。我们为了母亲的被害，已不胜哀悼；自己的小性命是否可保，又很忧虑。果然，晒了一天，有一人对着我们说：‘南瓜子可以吃了！’我们惊起一看，其人正是这自命为主人的老头子！他端起我们的篮来，横七竖八地摇了一会儿，对那老妈子说：‘拿去炒一炒！’这死刑的宣告使我们众兄弟同声号哭，然而他们如同不闻，管自开锅发灶，准备我们的刑场。幸而有一个小姑娘，她大概年纪还小，天良还没有丧尽，走过来对老妈子说：‘不要全炒，总要给它们留些种子的！’我们有了免于灭族的希望，觉得死也甘心。大家秉公持正，仓皇地推选，想派几个体格最健全的兄弟留着传种，以绍承我母的血统。谁知那小姑娘不管我们本人的意见，随手抓了一把，对那老妈子说：‘这一点拿去种，余多的你炒吧！’我幸而被抓在她的手里，又不幸而不是最健全的一个。然而有此虎口余生，总算不幸中之大幸。现在这父母之遗体靠了土地的养育和雨露的滋润，居然脱壳而出，蒸蒸日上，也可以聊尽子责而告慰泉壤了。但看这老头子的态度，我又起了无限的恐惧。我还道他家的小姑娘天良没有丧尽，慈悲地顾念我母的血食；原来不然，他们都全为自己，想等我大起来，再吃我的子孙！他贪恋我们的果实又肥又大，滋味又甜又香，何等可恶的老馋！他以为我们忠于主人，有益于人生；怀抱着为人服务的忠诚，何等荒唐地胡说！我们自有天赋的生产力和天赋的凌云之志，但岂是为你们而生，又岂是你们所能养成？可惜我的根不能移动，若得像那鸽子，我早已飞出这可诅咒的牢狱和刑场，向大自然的怀里去过我独立自主的生活了！”南瓜秧说到这里，鸽子就接上去说：

“你的话大都是我所同情的。不过听到你最后的话，似有讥讽我能飞不飞，甘心为奴的意思，这使我不得不辩解了。古语云：‘一家不晓得一家事’，难怪你怀疑于我。现在我把我们的生活情形告诉你吧：人对我的待遇，除了偷蛋可恶以外，其余的我都只觉得可笑。以为我对人亲善，服务忠诚，全是盲子摸象！我们的祖先本来聚居在山野中，无拘无束，多么自由的生活！后来不知怎样，被人捕到城市，豢养在囚笼里。我们有一种独特而力强的遗传性，就是不忘我们的诞生地。人类有一句话，叫作‘狐死正丘首’，又有俗语说：‘树高千丈，叶落归根’，他们也认为这是一种美德。我们因有这种遗传性的缘故，诞生在城市中的虽然飞翔力并不退化，却无意飞回山野。人类就利用我们这习性，为我们在庭院里筑窠巢，从单方面擅定我们是他们所豢养的，还要单恋似的说我们对人亲善，岂不可笑！我们为有上述的遗传性，大家善于记忆。即使飞到了数千百里之外，仍能飞回原处，绝对不要找警察问路。因此人类又来利用我们，把信札缚在我们的脚上，托我们带回。纸儿并不重，我们也就行个方便。但这是‘乘便’，不是专差，人类却自以为我们是他们的专差，称我们为‘传书鸽’，还要谬赞我们服务忠诚，岂不更可笑吗？尤可笑的，我们有几个住在军队中的兄弟，不幸在战场上中了流弹，短命而死，军人居然为它们建筑坟墓，天皇还要补送它们勋章，教它们受祭奠。哈哈，我们只为了恪守祖先的遗志，不忘自己的根本，故而不辞冒险，在战场上来往；谁肯为这种横暴的侵略者做走狗呢？老实说，若不为了他们那种优良的食物的供养，我们也不肯中他们的计。只是那种食物太味美了，我们倒有些儿舍不得。横竖我们有的是翅膀，飞过战场也没有什么可怕，也乐得多吃些美食，在那里看看人类自相残杀的恶剧吧。这里的主人每逢托我带信回家，主母来接取我脚上的纸儿时，也必拿许多优良的食物供奉我。我为贪食这些，每次总是赶快回来。他们却误解了，以为我服务忠诚，真是冤哉枉也！也许他们都知道，为欲装‘万物灵长’的场面，故意假痴假呆，说我们忠诚。那更是可笑而可耻了！刚才我在这里向朝阳请早安，那老头儿却自以为我在对他说‘Good morning’。这便是可笑可耻的一端。”黑猫也昂起头来说话了。

“鸽子哥儿的话好像是代替我说的！我的境遇完全和你一样，我的猫生观也和你相同。那老头儿以为我在这里为他驱鼠，谬赞我服务忠诚，并且瞎说我的捕鼠不为口腹，全为他家除害，唯恐老鼠伤害了他家的一草一木，在我也常觉得荒唐可笑。把我的平生约略地告诉你吧：我本来住在这里的邻近人家的。因为那人家自己没饭吃，更没有钱买鱼来供养我；他们的房子又异常狭小，所有的老鼠很少；即使有几只，也因为那屋破得可以，瓦上、壁上、窗户上，处处有不大不小的隙缝，老鼠可以自由逃窜，而我猫却钻不进去。我往往守候了好几天，没有一只老鼠可得，因此我只得告辞，彷徨歧途。偶然到这屋檐上窥探，看见房子还高大，布置还像样。我正想混进来找些食物，这里小姑娘已在檐下模仿我的叫声而招呼我了。不久那老妈子拿了一只碗走到檐下，对着我‘丁丁丁丁’地敲起来。我连忙跳下来就食：碗里的东西真美味，全是我所最欢喜的鱼类！我预备常住在这里。但闻那老妈子说：‘这猫不知是从哪里来的。这般瘦，看来是没有人家养的。我们养了吧，老鼠太多，教它赶老鼠。’那小姑娘说：‘这只猫样子也好看！我们养了它！不要忘记喂食！’我听了这话，就决心常住在这里了。他们的供养的确很好。外加前后许多屋子，都有无数的老鼠，任我随时捕食。现在老鼠虽已减少，且都警戒，只要用点工夫或耐心装个假睡，也总可捞得一个。我们也有一种独特的遗传性，就是欢喜吃老鼠。老鼠比鱼更好吃。所以我虽在刚刚吃饱鱼饭的时候，见了老鼠仍是感到一种说不出的香味，不由得要捉住它。老实说，这里倘没有了上述的食物，我早已告辞了。那老头儿还说我为他服务忠诚，是上了我的当，不然，便如你所说，他是假痴假呆地夸口，以助‘万物灵长’的威风。刚才我因为早晨没有吃过，追老鼠又落个空，仰起头来喊他给我备早饭，他却视我为献媚，献捷，也是人类可笑可耻的一个实例！——照理，正如葡萄先生和南瓜小姐所主张，我们都是受命于天而长育于地的平等的生物，应该各正性命，不相侵犯。但这道理太高，像我兄弟就做不到。但我们自认吃鱼吃老鼠不讳，态度是坦白的。至于像人类这样巧立了‘灵长’的名目而侵略万物；还要老着面皮自以为‘万物为我而生’，我们是不屑为的！”

缘缘堂主人倾耳而听，不漏一字；初而惊奇，继而惶恐，终于羞惭。想要辩解，一时找不出理由。土耳其卷烟熄，平旦之气消，愀然变容，悄然离窗，隐几而卧。

蝌蚪

每度放笔，凭在楼窗上小憩的时候，望下去看见庭中的花台的边上，许多花盆的旁边，并放着一只印着蓝色图案模样的洋瓷[①]面盆。我起初看见的时候，以为是洗衣物的人偶然寄存着的。在灰色而简素的花台边上，许多形式朴陋的瓦质的花盆旁边，配置一个机械制造而施着近代风图案的精巧的洋瓷面盆，绘画地看来，很不调和。假如眼底展开着的是一张画纸，我颇想找块橡皮来揩去它。

一天，二天，三天，洋瓷面盆尽管放在花台的边上。这表示它不是偶然寄存，而负着一种使命。晚快[②]凭窗闲眺的时候，看见放学出来的孩子们聚在墙下拍皮球。我欲知道洋瓷面盆的意义，便提出来问他们，才知道这面盆里养着蝌蚪，是春假中他们向田里捉来的。我久不来庭中细看，全然没有知道我家新近养着

---

① 即搪瓷。

② 吴方言，即傍晚。

这些小动物；又因面盆中那些蓝色的图案，细碎而繁多，蝌蚪混迹于其间，我从楼窗上望下去，全然看不出来。蝌蚪是我儿时爱玩的东西，又是学童时代教科书里最感兴味的东西，说起来可以牵惹种种的回想，我便专程下楼来看它们。

洋瓷面盆里盛着大半盆清水，瓜子大小的蝌蚪十数只。抖着尾巴，急急忙忙地游来游去，好像在找寻什么东西。孩子们看见我来欣赏他们的作品，大家围集拢来，得意地把关于这作品的种种话告诉我：

“这是从大井头的田里捉来的。”

“是清明那一天捉来的。”

“我们用手捧了来的。”

“我们天天换清水的呀。”

“这好像黑色的金鱼。”

“这比金鱼更可爱！”

“它们为什么不绝地游来游去？”

“它们为什么还不变青蛙？”

他们的疑问把我提醒，我看见眼前这盆玲珑活泼的小动物，忽然变成了一种苦闷的象征。

我见这洋瓷面盆仿佛是蝌蚪的沙漠。它们不绝地游来游去，是为了找寻食物。它们的久不变成青蛙，是为了不得其生活之所。这几天晚上，附近田里蛙鼓的合奏之声，早已传达到我的床里了。这些蝌蚪倘有耳，一定也会听见它们的同类的歌声。听到了一定悲伤，每晚在这洋瓷面盆里哭泣，亦未可知！它们身上有着泥土水草一般的保护色，它们只合在有滋润的泥土、丰肥的青苔的水田里生活滋长。在那里有它们的营养物，有它们的安息所，有它们的游乐处，还有它们的大群的伴侣。现在被这些孩子捉了来，关在这洋瓷面盆里，四周围着坚硬的洋铁，全身浸着淡薄的白水，所接触的不是同运命的受难者，便是冷酷的珐琅质。任凭它们镇日急急忙忙地游来游去，终于找不到一种保护它们、慰藉它们、生息它们的东西。这在它们是一片渡不尽的大沙漠。它们将以幼虫之身，默默地夭死在这洋瓷面盆里，没有成长变化，而在青草池塘中唱歌跳舞的欢乐的希望了。

这是苦闷的象征，这象征着某种生活之下的人的灵魂！

我劝告孩子们："你们只管把蝌蚪养在洋瓷面盆中的清水里，它们不得充分的养料和成长的地方，永远不能变成青蛙，将来统统饿死在这洋瓷面盆里！你们不要当它们金鱼看待！金鱼原是鱼类，可以一辈子长在水里；蝌蚪是两栖类动物的幼虫，它们盼望长大，长大了要上陆，不能长居水里。你看它们急急忙忙地游来游去，找寻食物和泥土，无论如何也找不到，样子多么可怜！"

孩子们被我这话感动了，颦蹙地向洋瓷面盆里看。有几人便问我："那么，怎么好呢？"

我说："最好是送它们回家——拿去倒在田里。过几天你们去探访，它们都已变成青蛙，'哥哥，哥哥'地叫你们了。"

孩子们都欢喜赞成，就有两人抬着洋瓷面盆，立刻要送它们回家。

我说："天将晚了，我们再留它们一夜，明天送回去吧。现在走到花台里拿些它们所欢喜的泥来，放在面盆里，可以让它们吃吃、玩玩。也可以让它们知道，我们不再虐待它们，我们先当作客人款待它们一下，明天就护送它们回家。"

孩子们立刻去捧泥，纷纷地把泥投进面盆里去。有的人叫着："轻轻地，轻轻地！看压伤了它们！"

不久，洋瓷面盆底里的蓝色的图案都被泥土遮掩。那些蝌蚪统统钻进泥里，一只也看不见了。一个孩子寻了好久，锁着眉头说："不要都压死了？"便伸手到水里拿开一块泥来看。但见四只蝌蚪密集在面盆底上的泥的凹洞里，四个头凑在一点，尾巴向外放射，好像在那里共食什么东西，或者共谈什么话。忽然一只蝌蚪摇动尾巴，急急忙忙地游了开去。游到别的一个泥洞里去一转，带了别的一只蝌蚪出来，回到原处。五只蝌蚪聚在一起，五根尾巴一齐抖动起来，成为五条放射形的曲线，样子非常美丽。孩子们呀呀地叫将起来。我也暂时忘记了自己的年龄，附和着他们的声音呀呀地叫了几声。

随后就有几人异口同声地要求："我们不要送它们回家，我们要养在这里！"我在当时的感情上也有这样的要求，但觉左右为难，一时没有话回答他们，踌躇地微笑着。一个孩子恍然大悟地叫道："好！我们在墙角里掘一个小池塘，倒满了水，同田里一样。就把它们养在那里。它们大起来变成青蛙，就在墙角里的地上跳来跳去。”大家拍手说“好！”我也附和着说“好！”大的孩子立刻找到种花用的小锄头，向墙角的泥地上去垦。不久，垦成了面盆大的一个池塘。大家说：“够大了，够大了！”“拿水来，拿水来！”就有两个孩子扛开水缸的盖，用浇花壶提了一壶水来，倾在新开的小池塘里。起初水满满的，后来被泥土吸收，渐渐地浅起来。大家说：“水不够，水不够。”小的孩子要再去提水，大的孩子说：“不必了，不必了，我们只要把洋瓷面盆里的水连泥和蝌蚪倒进塘里，就正好了。”大家赞成。蝌蚪的迁居就这样地完成了。

夜色朦胧，屋内已经上灯。许多孩子每人带了一双泥手，欢喜地回进屋里去，回头叫着：“蝌蚪，再会！”“蝌蚪，再会！”“明天再来看你们！”“明天再来看你们！”一个小的孩子接着说：“明天它们也许变成青蛙了。”

洋瓷面盆里的蝌蚪，由孩子们给迁居在墙角里新开的池塘里了。孩子们满怀希望，等候着它们变成青蛙。我便怅然地想起了前几天遗弃在上海的旅馆里的四只小蝌蚪。

今年的清明节，我在旅中度送。乡居太久了有些儿厌倦，想调节一下。就在这清明的时节，做了路上的行人。时值春假，一个孩子便跟了我走。清明的次日，我们来到上海。十里洋场，我一看就生厌，还是到城隍庙里去坐坐茶店，买买零星玩意，倒有趣味。孩子在市场的一角看中了养在玻璃瓶里的蝌蚪，指着了要买。出十个铜板买了。后来我用拇指按住了瓶上的小孔，坐在黄包车里带它回旅馆去。

回到旅馆，放在电灯底下的桌子上观赏这瓶蝌蚪，觉得很是别致：这真像一瓶金鱼，共有四只。颜色虽不及金鱼的漂亮，但是游泳的姿势比金鱼更为活泼可爱。当它们游在瓶边上时，我们可以察知它们的实际的大小只及半粒瓜子。但当它们游到瓶中央时，玻璃瓶与水的凸镜的作用把它们的形体放大，变化参差地映入我们的眼中，样子很是好看。而在这都会的旅馆的楼上的五十支光电灯底下看这东西，愈加觉得稀奇。这是春日田中很多的东西，要是在乡间，随你要多少，不妨用斗来量。但在这不见自然面影的都会里，不及半粒瓜子大的四只，便已可贵，要装在玻璃瓶内当作金鱼欣赏了，真有些儿可怜。而我们，原是常住在乡间田畔的人，在这清明节离去了乡间而到红尘万丈的中心的洋楼上来鉴赏玻璃瓶里的四只小蝌蚪，自己觉得好笑。这好比富翁舍弃了家里的酒池肉林而加入贫民队里来吃大饼油条；又好比帝王舍弃了上苑三千而到民间来钻穴窥墙。

一天晚上，我正在床上休息的时候，孩子在桌上玩弄这玻璃瓶，一个失手，把它打破了。水泛滥在桌子上，里面带着大大小小的玻璃碎片，蝌蚪躺在桌上的水痕中蠕动，好似涸辙之鱼，演成不可收拾的光景，归我来办善后。善后之法，第一要救命。我先拿一只茶杯，去茶房那里要些冷水来，把桌上的四个蝌蚪轻轻地掇进茶杯中，供在镜台上了。然后一一拾去玻璃的碎片，揩干桌子。约费了半小时的扰攘，好容易把善后办完了。去镜台上看看茶杯里的四只蝌蚪，身体都无恙，依然是不绝地游来游去，但形体好像小了些，似乎不是原来的蝌蚪了。以前养在玻璃瓶中的时候，因有凸镜的作用，其形状忽大忽小，变化百出，好看得多。现在倒在茶杯里一看，觉得就只是寻常乡间田里的四只蝌蚪，全不足观。都会真是枪花[①]繁多的地方，寻常之物，一到都会里就了不起。这十里洋场的繁华世界，恐怕也全靠着玻璃瓶的凸镜的作用映成如此光怪陆离。一旦失手把玻璃瓶打破了，恐怕也只是寻常乡间田里的四只蝌蚪罢了。

过了几天，家里又有人来上海玩。我们的房间嫌小了，就改赁大房间。大人、孩子加以茶房，七手八脚地把衣物搬迁。搬迁之后立刻出去看上海。为经济时间计，一天到晚跑在外面，乘车、买物、访友、游玩，少有在旅馆里坐的时候，竟把小房间里镜台上的茶杯里的四只小蝌蚪完全忘却了；直到回家后数天，看到花台边上洋瓷面盆里的蝌蚪的时候，方然忆及。现在孩子们给洋瓷面盆里的蝌蚪迁居在墙角里新开的小池塘里，满怀的希望，等候着它们变成青蛙。我更怅然地想起了遗弃在上海旅馆里的四只蝌蚪。不知它们的结果如何?

大约它们已被茶房妙生倒在痰盂里，枯死在垃圾桶里了？妙生欢喜金铃子，去年曾经想把两对金铃子养过冬，我每次到这旅

① 方言，意即欺人之计。

馆时，他总拿出他的牛筋盒子来给我看，为我谈种种关于金铃子的话。也许他能把对金铃子的爱推移到这四只蝌蚪身上，代我们养着，现在世间还有这四只蝌蚪的小性命的存在，亦未可知。

然而我希望它们不存在。倘还存在，想起了越是可哀！它们不是金鱼，不愿住在玻璃瓶里供人观赏。它们指望着生长、发展，变成了青蛙而在大自然的怀中唱歌跳舞。它们所憧憬的故乡，是水草丰足、春泥黏润的田畴间，是映着天光云影的青草池塘。如今把它们关在这商业大都市的中央，石路的旁边，铁筋建筑的楼上，水门汀砌的房笼内，瓷制的小茶杯里，除了从自来水龙头上放出来的一勺之水以外，周围都是瓷、砖、石、铁、钢、玻璃、电线和煤烟，都是不适于它们的生活而足以致它们死命的东西。世间的凄凉、残酷和悲惨，无过于此。这是苦闷的象征，这象征着某种生活之下的人的灵魂。

假如有谁来报告我这四只蝌蚪的确还存在于那旅馆中，为了象征的意义，我准拟立刻动身，专赴那旅馆中去救它们出来，放乎青草池塘之中。

敬礼

像吃药一般喝了一大碗早已吃厌的牛奶，又吞了一把围棋子似的、洋纽扣似的肺病特效药。早上的麻烦已经对付过去。儿女都出门去办公或上课了，太太上街去了，劳动大姐在不知什么地方，屋子里很静。我独自关进书房里，坐在书桌面前。这是一天精神最好的时光。这是正好潜心工作的时光。

今天要译的一段原文，文章极好，译法甚难。但是昨天晚上预先看过，躺在床里预先计划过句子的构造，所以今天的工作并不很难，只要推敲各句里面的字眼，就可以使它变成中文。右手握着自来水笔，左手拿着香烟。书桌左角上并列着一杯茶和一只烟灰缸。眼睛看着笔端，热衷于工作，左手常常误把香烟灰敲落在茶杯里，幸而没有把烟灰缸当作茶杯拿起来喝。茶里加了香烟灰，味道有些特别，然而并不讨厌。

译文告一段落，我放下自来水笔，坐在椅子里伸一伸腰，眼梢头觉得桌子上右手所靠的地方有一件小东西在那里蠢动。仔细一看，原来是一个受了伤的蚂蚁：它的脚已经不会走路，然而躯干无伤，有时翘起头来，有时翻转肚子来，有时鼓动着受伤的脚，企图爬走，然而一步一蹶，终于倒下来，全身乱抖，仿佛在绝望中挣扎。啊，这一定是我闯的祸！我热衷于工作的时候，没有顾到右臂底下的蚂蚁。我写完了一行字，迅速地把笔移向第二行上端的时候，手臂像汽车一样突进，然而桌子上没有红绿灯和横道线，因此就把这蚂蚁碾伤了。它没有拉我去吃警察官司，然而我很对不起它，又没有办法送它进医院去救治，奈何，奈何！

然而反复一想，这不能完全怪我。谁教它走到我的工场里来，被机器碾伤呢？它应该怪它自己，我恕不负责。不过，一个不死不活的生物躺在我眼睛面前，心情实在非常不快。我想起了昨天所译的一段文章："假定有百苦交加而不得其死的人；在没有生的价值的本人自不必说，在旁边看护他的亲人恐怕也会觉得杀了他反而慈悲吧。"（见夏目漱石著《旅宿》）我想：我伸出一根手指去，把这百苦交加而不得其死的蚂蚁一下子捻死，让它脱了苦，不是慈悲吗？然而我又想起了某医生的话：延长寿命，是医生的天职。又想起故乡的一句俗话："好死勿抵恶活。"我就不肯行此慈悲。况且，这蚂蚁虽然受伤，还在顽强地挣扎，足见它只是局部残废，全体的生活力还很旺盛，用指头去捻死它，怎么使得下手呢？犹豫不决，耽搁了我的工作。最后决定：我只当不见，只当没有这回事，我把稿纸移向左些，管自继续做我的翻译工作。让这个自作孽的蚂蚁在我的桌子上挣扎，不关我事。

翻译工作到底重大，一个蚂蚁的性命到底渺小；我重新热衷于工作之后，竟把这事件完全忘记了。我用心推敲，频频涂改，仔细地查字典，又不断地抽香烟。忙了一大阵之后，工作又告一段落，又是放下自来水笔，坐在椅子里伸一伸腰。眼梢头又觉得桌子右角上离开我两尺光景的地方有一件小东西在那里蠢动。望去似乎比蚂蚁大些，并且正在慢慢地不断地移动，移向桌子所靠着的窗下的墙壁方面去。我凑近去仔细察看。啊哟，不看则已，看了大吃一惊！原来是两个蚂蚁，一个就是那受伤者，另一个是救伤者，正在衔住了受伤者的身体而用力把他拖向墙壁方面去。然而这救伤者的身体不比受伤者大，他衔着和自己同样大小的一个受伤者而跑路，显然很吃力，所以常常停下来休息。有时衔住了他的肩部而走路，走了几步停下来，回过身去衔住了他的一只脚而走路；走了几步又停下来，衔住了另一只脚而继续前进。停下来的时候，两人碰一碰头，仿佛谈几句话。也许是受伤者告诉他这只脚痛，要他衔另一只脚；也许是救伤者问他伤势如何，拖得动否。受伤者有一两只脚伤势不重，还能在桌上支撑着前进，显然是体谅救伤者太吃力，所以勉力自动，以求减轻他的负担。因为这样艰难，所以他们进行的速度很缓，直到现在还离开墙壁半尺之远。这个救伤者以前我并没有看到。想来是埋头于翻译的期间，他跑出来找寻同伴，发见这个同伴受了伤躺在桌子上，就不惜劳力，不辞艰苦，不顾冒险，拼命地扶他回家去疗养。这样渺小的动物，而有这样深挚的友爱之情、这样慷慨的牺牲精神、这样伟大的互助精神，真使我大吃一惊！同时想起了我刚才看不起他，想捻死他，不理睬他，又觉得非常抱歉，非常惭愧！

鲁迅先生曾经看见一个黄包车夫的身体大起来。我现在也如此：忽然看见桌子角上这两个蚂蚁大起来，大起来，大得同山一样，终于充塞于天地之间，高不可仰了。同时又觉得我自己的身体小起来，小起来，终于小得同蚂蚁一样了。我站起身来，向着这两个蚂蚁立正，举起右手，行一个敬礼。

养鸭

除了例假日有长长大大的四个学生——两大学，一高中，一专科——回家来热闹一番之外，经常住在家里的只有三个半人：我们老夫妇二人，一个男工和一个五岁的男孩。但畜生倒有八口：两狗、两猫、两鸽和两鸭。有一位朋友看见了说：“人少畜生多。”

这许多畜生之中，我最喜欢的是两只鸭。狗是为了防窃贼设法讨来的；猫是为了抵抗老鼠出了四百多块钱买来的，都有实用性。并且狗的贪婪、无耻和势利，猫的凶狠和谄媚，根本不能使我喜欢。至于鸽子呢，新近友人送来的，养得不久，我虽久仰他们的敏捷和信义，但是交情还浅，尚未领教，也只得派在不欢喜之列。唯有两只鸭，我觉得有意思。

这一对鸭不是原配，是一个寡妇和一个第二后夫。来由是这样的：今年暮春，一吟（就是那专科学生）从街上买了一对小鸭回来。小得很，两只可以并排站在手掌上。白天在后门外水田游泳，晚上共睡在一只小篮里，挂在梁上，为的是怕黄鼠狼拖去吃。鸭子长得很快，不久小篮嫌挤，就改睡在一个字纸篓里，还是挂在梁上。有一天半夜里，我半睡中听见室内“哗啦哗啦”地响，后来是鸭子叫。连忙起身，拿电筒一照，只见字纸篓正在摇荡中，下面地上，一只小雄鸭仰卧在血泊中。仔细一看，头颈已被咬断，血如泉涌了。连忙探望字纸篓，小雌鸭幸而还在。环视室内，凶手早已不知去向了。这件血案闹得全家的人都起来。看看残生的小雌鸭，各人叹了好几口气。

后来一吟又买了一只小雄鸭来。大小和小雌鸭仿佛。几日来，小雌鸭形单影只，如今又鹣鹣鲽鲽了。自从那件血案发生以后，我们每晚戒备很严，这一对续弦的小鸭，安全地长大起来，直到七月初我们迁居新屋的时候，已经长成一对中鸭了。新屋四周没有邻居，却有篱笆围着一大块空地。我们在篱笆内掘一个小塘，就称为乳鸭池塘。一对鸭子尽日在篱笆内仰观俯察，逡巡游泳，在我的岑寂的闲居生活上增添了一种生趣。不知不觉之间，它们已长成大鸭，全身雪白，两脚大黄[①]，翅膀上几根羽毛，黑色里透着金光，很是美观。它们晚上睡在屋檐下一只箩子底下。箩子上面压上一块石板，也是为防黄鼠狼。谁知有一天的破晓，我睡醒来，听见连新——我们的男工，在叫喊。起来探问，才知道一只雄鸭又被拖去了，一道血迹从箩子边洒到篱笆的一个洞口，洞外也有些点滴，迤逦向荒山而去。查问根由，原来昨夜连

① 大黄，即橙黄。

新忘记在箩子上压石板，黄鼠狼就来启箩偷鸭了。既经的疏忽也不必责咎。只是以后的情景着实可怜。那雌鸭放出箩来，东寻西找，仰天长鸣，“轧轧”之声，竟日不绝。其声慌张、焦躁，而似乎含有痛楚，使闻者大为不安。所谓“行人驻足听，寡妇起徬徨”者，大约是类乎此的鸣声吧。以前小雄鸭被害了，她满不在乎，照旧吃食游水，我曾经笑她“毕竟是禽兽！”但照如今看来，毕竟是人的同类，也是含识的、有情的众生。傍晚我偶然走到箩子旁边，看见早上喂的饭全没有动。

雌鸭“丧其所天”之后，一连三四日“轧轧”地哀鸣，东张西望地寻觅。后来也就沉静了。但样子很异常，时时俯在地上叩头，同时“咯咯”地叫。从前的邻人周婆婆来，看见了，说她是需要雄鸭。我们就托周婆婆做媒，过了几天，周婆婆果然提了一只雄鸭来，身材同她一样大小，毛色比她更加鲜美。雄鸭一到地上，立刻跟着雌鸭悠然而逝，直到屋后篱角，花阴[1]深处盘桓了。他们好像是旧相识的。

这一对鸭就是我现在所喜欢的畜生。我喜欢他们，不仅为了上述的一段哀史，大半也是为了鸭这种动物的性行。从前意大利的莱奥帕尔迪（Leopardi）[2]喜欢鸟，曾作“百鸟颂”。鸭也是鸟类，却没有被颂在里头，我实在要替鸭抱不平。许多人说，鸭

---

① “花阴”，现作“花荫”。

② 莱奥帕尔迪（1798—1837），意大利浪漫主义诗人，原文译为辽巴第。

步行的姿态太难看。我以为不然，摇摇摆摆地走路，样子天真自然，另有一种“滑稽美”。狗走起路来皇皇如也，好像去赶公事；猫走起路来偷偷摸摸，好像去干暗杀，这才是真难看。但我之所以喜欢鸭子，主要是为了它们的廉耻。人去喂食的时候，鸭一定远远地避开，直到人去远了才慢慢地走近来吃。正在吃的时候，倘有人远远地走过来，一定立刻舍食而去，绝不留恋。虽然鸭子终吃了人们的饭，但其态度非常漂亮，绝不摇尾乞怜，绝不贪婪争食，颇有“履霜坚冰”之操，“不食嗟来”之志，比较之下，狗和猫实在可耻：狗之贪食，恐怕动物中无出其右了。喂食的时候，人还没有走到食盆边，狗已摇头摆尾地先到，而且把头向空盆里乱钻。所以倒下去的食物往往都倒在狗头上。猫是上桌子的畜生，其贪吃更属可怕。不管是灶头上、柜子里，乘人不备，到处偷吃。甚至于人们吃饭的时候，会跳上人膝，向人的饭碗里抢东西吃。一旦抢到了美味的食物，若有人追打，便发出一种吼声，其声的凶狠，可以使人想象老虎或雷电。足证它是用尽全身之力，为食物而拼命了。凡此种种丑态在我们的鸭子全然没有。鸭子，即使人们忘了喂食，仍是摇摇摆摆地自得其乐。这不是最可爱的动物吗？

这两只鸭，我决定养它们到老死。我想准备一只笼子，将来好关进笼里，带它们坐轮船，穿过巴峡巫峡，经过汉口南京，一同回到我的故乡。

白象

白象是我家的爱猫，本来是我的次女林先家的爱猫，再本来是段老太太家的爱猫。

抗战初，段老太太带了白象逃难到大后方。胜利后，又带了它复员到上海，与我的次女林先及吾婿宋慕法邻居。不知为了什么原因，段老太太把白象和它的独子小白象寄交林先、慕法家，变成了他们的爱猫。我到上海，林先、慕法又把白象寄交我，关在一只无锡面筋的笼里，上火车，带回杭州，住在西湖边上的小屋里，变成了我家的爱猫。

白象真是可爱的猫！不但为了它浑身雪白，伟大如象，又为了它的眼睛一黄一蓝，叫作“日月眼”。它从太阳光里走来的时候，瞳孔细得几乎没有，两眼竟像话剧舞台上所装置的两只光色不同的电灯，见者无不惊奇赞叹。收电灯费的人看见了它，几乎忘记拿钞票；查户口的警察看见了它，也暂时不查了。

白象到我家后，慕法、林先常写信来，说段老太太已迁居他处，但常常来他们家访问小白象，目的是探问白象的近况。我的幼女一吟，同情于段老太太的离愁，常常给白象拍照，寄交林先转交段老太太，以慰其相思。同时对于白象，更增爱护。每天一吟读书回家，或她的大姐陈宝教课回家，一坐倒，白象就跳到她们的膝上，老实不客气地睡了。她们不忍拒绝，就坐着不动，向人要茶，要水，要换鞋，要报看。有时工人不在身边，我同老妻就当听差，送茶，送水，送鞋，送报。我们是间接服侍白象。

有一天，白象不见了。我们侦骑四出，遍寻不得。正在担忧，它偕同一只斑花猫，悄悄地回来了，大家惊喜。女工秀英说，这是招贤寺里的雄猫，说过笑起来。经过一个短促的休止符，大家都笑起来。原来它是到和尚寺里找恋人去了，害得我们急死。

此后斑花猫常来，它也常去，大家不以为奇。我觉得白象更可爱了。因为它不像鲁迅先生的猫，恋爱时在屋顶上怪声怪气，吵得他不能读书写稿，而用长竹竿来打。后来它的肚皮渐渐大起来了。约莫两三个月之后，它的肚皮大得特别，竟像一只白象了。我们用一只旧箱子，把盖拿去，作为它的产床。有一天，它临盆了，一胎五子，三只雪白的，两只斑花的。大家称庆，连忙叫男工樟鸿到岳坟去买新鲜鱼来给它调将。女孩子们天天冲克宁奶粉给它吃。

小猫日长夜大，两星期之后，都会爬动。白象育儿耐苦得很，日夜躺卧，让五个孩子纠缠。它的身体庞大，在五只小猫看来，好比一个丘陵。它们恣意爬上爬下，好像西湖上的游客爬孤山一样。这光景真是好看!

不料有一天，一只小花猫死了。我的幼儿新枚，哭了一场，拿一条美丽牌香烟的匣子，当作棺材，给它成殓，葬在西湖边的草地中。余下的四只，就特别爱惜。我家有七个孩子，三个在外，四个在杭州，他们就把四只小猫分领，各认一只。长女陈宝领了花猫，三女宁馨、幼女一吟、幼儿新枚，各领一只白猫。这就好比乡下人把孩子过房给庙里的菩萨一样，有了“保佑”，“长命富贵”。大约因为他们不是菩萨，不能保佑；过一会儿，一只小白猫又死了。剩下三只，一花二白，都很健康，看看已能吃鱼吃饭，不必全靠吃奶了。白象的母氏劬劳，也渐渐减省。它不必日夜躺着喂奶，可以随时出去散步，或跳到女孩子们的膝上去睡觉了。女孩子们笑它：“做了母亲还要别人抱？”它不理，管自睡在人家怀里。

有一天，白象不回来吃中饭。“难道又到和尚寺里去找恋人了？”大家疑问。等到天黑，终于不回来。秀英当夜到寺里去寻，不见。明天，又不回来。问题严重起来，我就写二张海报：“寻猫：敝处走失日月眼大白猫一只。如有仁人君子觅得送还，奉酬法币十万元。储款以待，决不食言。××路××号谨启。”过了两天，有邻人来言：“前几天看见一大白猫死在地藏庵与复性书院之间的水沼里，恐怕是你们的。”我们闻耗奔丧，找不到尸体。问地藏庵里的警察，也说不知；又说，大概清道夫取去了。我们回家，大家沉默志哀，接着就讨论它的死因。有的说是它自己失脚落水，有的说是顽童推它下水，莫衷一是。后来新枚来报告，邻家的孩子曾经看见一只大白猫死在水沼上的大柳树根上。后来被人踢到水沼里。孩子不会说诳，此说大约可靠。且我听说，猫不肯死在家里，自知临命终了，必远行至无人处，然后辞世。故此说更觉可靠。我觉得这点“猫性”，颇可赞美。这有壮士风，不愿死户牖下儿女之手中，而情愿战死沙场，马革裹尸。这又有高士风。不愿病死在床上，而情愿遁迹深山，不知所终。总之，白象确已不在“猫间”了！

白象失踪的第二天，林先从上海来杭。一到，先问白象。骤闻噩耗，惊惶失色。因为她原是受了段老太太之托，此番来杭将把白象带回上海，重归旧主的。相差一天，天缘何悭！然而天实为之，谓之何哉。所幸它还有三个遗孤，虽非日月眼，而壮健活泼，足以承继血统。为防损失，特把一匹小花猫寄交我的好友家。其余两匹小白猫，常在我的身边。每逢我架起了脚看报或吃酒的时候，它们爬到我的两只脚上，一高一低，一动一静，别人看见了都要笑。我倒已经习以为常，似觉一坐下来，脚上天生成有两只小猫的。

白鹅

抗战胜利后八个月零十天，我卖脱了三年前在重庆沙坪坝庙湾地方自建的小屋，迁居城中去等候归舟。

除了托庇三年的情感以外，我对这小屋实在毫无留恋。因为这屋太简陋了，这环境太荒凉了；我去屋如弃敝屣，倒是屋里养的一只白鹅，使我念念不忘。

这白鹅，是一位将要远行的朋友送给我的。这朋友住在北碚，特地从北碚把这鹅带到重庆来送给我，我亲自抱了这雪白的大鸟回家，放在院子内。它伸长了头颈，左顾右盼，我一看这姿态，想到：好一个高傲的动物！凡动物，头是最主要部分。这部分的形状，最能表明动物的性格。例如狮子、老虎，头都是大的，表示其力强。麒麟、骆驼，头都是高的，表示其高超。狼、狐、狗等，头都是尖的，表示其刁奸猥鄙。猪猡、乌龟等，头都是缩的，表示其冥顽愚蠢。鹅的头在比例上比骆驼更高，与麒麟相似，正是高超的性格的表示，而在它的叫声、步态、吃相中，更表示出一种傲慢之气。

鹅的叫声，与鸭的叫声大体相似，都是“轧轧”然的。但音调上大不相同。鸭的“轧轧”，其音调琐碎而愉快，有小心翼翼的意味；鹅的“轧轧”，其音调严肃郑重，有似厉声呵斥。它的旧主人告诉我：养鹅等于养狗，它也能看守门户。后来我看到果然：凡有生客进来，鹅必然厉声叫嚣；甚至篱笆外有人走路，也要它引吭大叫，其叫声的严厉，不亚于狗的狂吠。狗的狂吠，是专对生客或宵小用的；见了主人，狗会摇头摆尾，呜呜地乞怜。鹅则对无论何人，都是厉声呵斥；要求饲食时的叫声，也好像大爷嫌饭迟而怒骂小使一样。

鹅的步态，更是傲慢了。这在大体上也与鸭相似，但鸭的步调急速，有局促不安之相。鹅的步调从容，大模大样的，颇像评剧里的净角出场。这正是它的傲慢的性格的表现，我们走近鸡或鸭，这鸡或鸭一定让步逃走，这是表示对人惧怕。所以我们要捉住鸡或鸭，颇不容易，那鹅就不然：它傲然地站着，看见人走来简直不让；有时非但不让，竟伸过颈子来咬你一口。这表示它不怕人，看不起人，但这傲慢终归是狂妄的。我们一伸手，就可一把抓住它的项颈，而任意处置它。家畜之中，最傲人的无过于鹅，同时最容易捉住的也无过于鹅。

鹅的吃饭，常常使我们发笑。我们的鹅是吃冷饭的，一日三餐。它需要三样东西下饭：一样是水，一样是泥，一样是草。先吃一口冷饭，次吃一口水，然后再到某地方去吃一口泥及草。大约这些泥和草也有各种滋味，它是依着它的胃口而选定的。这食料并不奢侈，但它的吃法，三眼一板，丝毫不苟。譬如吃了一口饭，倘水盆偶然放在远处，它一定从容不迫地踏大步走上前去，饮水一口。再踏大步走到一定的地方去吃泥，吃草。吃过泥和草再回来吃饭。这样从容不迫地吃饭，必须有一个人在旁侍候，像饭馆里的堂倌一样。因为附近的狗，都知道我们这位鹅老爷的脾气，每逢它吃饭的时候，狗就躲在篱边窥伺。等它吃过一口饭，踏着方步去吃水、吃泥、吃草的当儿，狗就敏捷地跑上来，努力地吃它的饭。没有吃完，鹅老爷偶然早归，伸颈去咬狗，并且厉声叫骂，狗立刻逃往篱边，蹲着静候；看它再吃了一口饭，再走开去吃水、吃草、吃泥的时候，狗又敏捷地跑上来，这回就把它的饭吃完，扬长而去了。等到鹅再来吃饭的时候，饭罐已经空空如也。鹅便昂首大叫，似乎责备人们供养不周。这时我们便替它添饭，并且站着侍候。因为邻近狗很多，一狗方去，一狗又来蹲着窥伺了。邻近的鸡也很多，也常蹑手蹑脚地来偷鹅的饭吃。我们不胜其烦，以后便将饭罐和水盆放在一起，免得它走远去，让鸡、狗偷饭吃。然而它所必需的盛馔泥和草，所在的地点远近无定，为了找这盛馔，它仍是要走远去的。因此鹅的吃饭，非有一人侍候不可，真是架子十足的！

鹅，不拘它如何高傲，我们始终要养它，直到房子卖脱为止。因为它对我们，物质上和精神上都有贡献，使主母和主人都欢喜它。物质上的贡献，是生蛋。它每天或隔天生一个蛋，篱边特设一堆稻草，鹅蹲伏在稻草中了，便是要生蛋了。家里的小孩子更兴奋，站在它旁边等候。它分娩毕，就起身，大踏步走进屋里去，大声叫开饭。这时候孩子们把蛋热热地捡起，藏在背后拿进屋子来，说是怕鹅看见了要生气。鹅蛋真是大，有鸡蛋的四倍呢！主母的蛋篓子内积得多了，就拿来制盐蛋，炖一个盐鹅蛋，一家人吃不了！工友上街买菜回来说："今天菜市上有卖鹅蛋的，要四百元一个，我们的鹅每天挣四百元，一个月挣一万二，比我们做工的还好呢，哈哈，哈哈。"我们也陪他一个"哈哈，哈哈"。望望那鹅，它正吃饱了饭，昂胸凸肚地，在院子里跨方步，看野景，似乎更加神气了。但我觉得，比吃鹅蛋更好的，还是它的精神的贡献。因为我们这屋实在太简陋，环境实在太荒凉，生活实在太岑寂了。赖有这一只白鹅，点缀庭院，增加生气，慰我寂寥。

且说我这屋子，真是简陋极了：篱笆之内，地皮二十方丈，屋所占的只六方丈。这六方丈上，建着三间"抗建式"平屋，每间前后划分为二室，共得六室，每室平均一方丈。中央一间，前室特别大些，约有一方丈半弱，算是食堂兼客堂；后室就只有半方丈强，比公共汽车还小，作为家人的卧室。西边一间，平均划分为二，算是厨房及工友室。东边一间，也平均划分为二，后室也是家人的卧室，前室便是我的书房兼卧房。三年以来，我坐卧写作，都在这一方丈内。归熙甫《项脊轩志》中说："室仅方丈，可容一人居。"又说："雨泽下注，每移案，顾视无可置者。"我只有想起这些话的时候，感觉得自己满足。我的屋虽不上漏，可是墙是竹制的，单薄得很，夏天九点钟以后，东墙上炙手可热，室内好比开放了热水汀。这时候反教人希望警报，可到六七丈深的地下室去凉快一下呢。

竹篱之内的院子，薄薄的泥层下面尽是岩石，只能种些番茄、蚕豆、芭蕉之类，却不能种树木。竹篱之外，坡岩起伏，尽是荒郊。因此这小屋赤裸裸的，孤零零的，毫无依蔽；远远望来，正像一个亭子。我长年坐守其中，就好比一个亭长。这地点离街约有里许，小径迂回，不易寻找，来客极稀，杜诗“幽栖地僻经过少”一句，这室可以受之无愧。风雨之日，泥泞载途，狗也懒得走过，环境荒凉更甚。这些日子的岑寂的滋味，至今回想还觉得可怕。

自从这小屋落成之后，我就辞绝了教职，恢复了战前的闲居生活。我对外间绝少往来，每日只是读书作画，饮酒闲谈而已。我的时间全部是我自己的，这是我的性格的要求，这在我是认为幸福的。然而这幸福必需两个条件：在太平时，在都会里。如今在抗战期，在荒村里，这幸福就伴着一种苦闷——岑寂。为避免这苦闷，我便在读书、作画之余，在院子里种豆，种菜，养鸽，养鹅，而鹅给我的印象最深。因为它有那么庞大的身体，那么雪白的颜色，那么雄壮的叫声，那么轩昂的态度，那么高傲的脾气，和那么可笑的行为。在这荒凉岑寂的环境中，这鹅竟成了一个焦点。凄风苦雨之日，手酸意倦之时，推窗一望，死气沉沉；唯有这伟大的雪白的东西，高擎着琥珀色的喙，在雨中昂然独步，好像一个武装的守卫，使得这小屋有了保障，这院子有了主宰，这环境有了生气。

我的小屋易主的前几天，我把这鹅送给住在小龙坎的朋友人家。送出之后的几天内，颇有异样的感觉。这感觉与诀别一个人的时候所发生的感觉完全相同，不过分量较为轻微而已。原来一切众生，本是同根，凡属血气，皆有共感。所以这禽鸟比这房屋更是牵惹人情，更能使人留恋。现在我写这篇短文，就好比为一个永诀的朋友立传，写照。

这鹅的旧主人姓夏名宗禹，现在与我邻居着。

云霓

这是去年夏天的事。

两个月不下雨。太阳每天晒十五小时。寒暑表中的水银每天爬到百度[①]之上。河底处处向天。池塘成为洼地。野草变作黄色而矗立在灰白色的干土中。大热的苦闷和大旱的恐慌充塞了人间。

室内没有一处地方不热。坐凳子好像坐在铜火炉上。按桌子好像按着了烟囱。洋蜡烛从台上弯下来，弯成磁铁的形状，薄荷锭在桌子上放了一会儿，旋开来统统融化而蒸发了。狗子伸着舌头伏在桌子底下喘息，人们各占住了一个门口而不息地挥扇。挥得手腕欲断，汗水还是不绝地流。汗水虽多，饮水却成问题。远处挑来的要四角钱一担，倒在水缸里好像乳汁，近处挑来的也要十个铜板一担，沉淀起来的有小半担是泥。有钱买水的人家，大家省省地用水。洗过面的水留着洗衣服，洗过衣服的水留着洗

---

① 指华氏度。一百华氏度约为三十八摄氏度。

裤。洗过裤的水再留着浇花。没有钱买水的人家，小脚的母亲和数岁的孩子带了桶到远处去扛。每天愁热愁水，还要愁未来的旱荒。迟耕的地方还没有种田，田土已硬得同石头一般。早耕的地方苗秧已长，但都变成枯草了。尽驱全村的男子踏水。先由大河踏进小河，再由小河踏进港汊，再由港汊踏进田里。但一日工作十五小时，人们所踏进来的水，不够一日照临十五小时太阳的蒸发。今天来个消息，西南角上的田禾全变黄色了；明天又来个消息，运河岸上的水车增至八百几十部了。人们相见时，最初徒唤奈何："只管不下雨怎么办呢？""天公竟把落雨这件事根本忘记了！"但后来得到一个结论，大家一见面就惶恐地相告："再过十天不下雨，大荒年来了！"

此后的十天内，大家不暇愁热，眼巴巴地只望下雨。每天一早醒来，第一件事是问天气。然而天气只管是晴，晴，晴……一直晴了十天。第十天以后还是晴，晴，晴……晴到不计其数。有几个人绝望地说："即使现在马上下雨，已经来不及了。"然而多数人并不绝望：农人依旧拼命踏水，连黄发垂髫都出来参加。镇上的人依旧天天仰首看天，希望它即刻下雨，或者还有万一的补救。他们所以不绝望者，为的是十余日来东南角上天天挂着几朵云霓，它们忽浮忽沉，忽大忽小，忽明忽暗，忽聚忽散，向人们显示种种欲雨的现象，维持着他们的一线希望，有时它们升起来，大起来，黑起来，似乎义勇地向踏水的和看天的人说："不要失望！我们带雨来了！"于是踏水的人增加了勇气，愈加拼命地踏，看天的人得着了希望，欣欣然有喜色而相与欢呼：“落雨了！落雨了！”年老者摇着双手阻止他们：“喊不得，喊不得，要吓退的啊。”不久那些云霓果然被吓退了，它们在炎阳之下渐渐地下去，少起来，淡起来，散开去，终于隐伏在地平线下，人们空欢喜了一场，依旧回进大热的苦闷和大旱的恐慌中，每天有一场空欢喜，但每天逃不出苦闷和恐怖。原来这些云霓只是挂着给人看看，空空地给人安慰和勉励而已。后来人们都看穿了，任它们五色灿烂地飘游在天空，只管低着头和热与旱奋斗，得过且过地度日子，不再上那些虚空的云霓的当了。

这是去年夏天的事。后来天终于下雨，但已无补于事，大荒年终于出现。现在，农人啖着糠粞，工人闲着工具，商人守着空柜，都在那里等候蚕熟和麦熟，不再回忆过去的旧事了。

我现在为什么在这里重提旧事呢？因为我在大旱时曾为这云霓描一幅画。现在从大旱以来所作画中选出民间生活描写的六十幅来，结集为一册书，把这幅《云霓》冠卷首，就名其书为《云霓》。这也不仅是模仿《关雎》《葛覃》，取首句作篇名而已，因为我觉得现代的民间，始终充塞着大热似的苦闷和大旱似的恐慌，而且也有几朵“云霓”始终挂在我们的眼前，时时用美好的形状来安慰我们，勉励我们，维持我们生活前途的一线希望，与去年夏天的状况无异。就记述这状况，当作该书的代序。

记述既毕，自己起了疑问：我这《云霓》能不空空地给人玩赏吗？能满足大旱时代的渴望吗？自己知道都不能。因为这里所描的云霓太小了，太少了。仅乎这几朵怎能沛然下雨呢？恐怕也只能空空地给人玩赏一下，然后任其消沉到地平线底下去的吧。

梧桐树

寓楼的窗前有好几株梧桐树。这些都是邻家院子里的东西，但在形式上是我所有的。因为它们和我隔着适当的距离，好像是专门种给我看的。它们的主人，对于它们的局部状态也许比我看得清楚，但是对于它们的全体容貌，恐怕始终没看清楚呢。因为这必须隔着相当的距离方才看见。唐人诗云："山远始为容。"我以为树亦如此。自初夏至今，这几株梧桐树在我面前浓妆淡抹，显出了种种的容貌。

当春尽夏初，我眼看见新桐初乳的光景。那些嫩黄的小叶子一簇簇地顶在秃枝头上，好像一堂树灯[①]，又好像小学生的剪贴图案，布置均匀而带幼稚气。植物的生叶，也有种种技巧。有的新陈代谢，瞒过了人的眼睛而在暗中偷换青黄。有的微乎其微，渐乎其渐，使人不觉察其由秃枝变成绿叶。只有梧桐树的生叶，

---

① 树灯为一种安置许多油灯的树形灯架，点树灯为作者故乡的一种丧葬风俗。

技巧最为拙劣，但态度最为坦白。它们的枝头疏而粗，它们的叶子平而大。叶子一生，全树显然变容。

在夏天，我又眼看见绿叶成荫的光景。那些团扇大的叶片，长得密密层层，望去不留一线空隙，好像一个大绿障，又好像图案画中的一座青山。在我所常见的庭院植物中，叶子之大，除了芭蕉以外，恐怕无过于梧桐了。芭蕉叶形状虽大，数目不多，那丁香结要过好几天才展开一张叶子来，全树的叶子寥寥可数。梧桐叶虽不及它大，可是数目繁多。那猪耳朵一般的东西，重重叠叠地挂着，一直从低枝上挂到树顶。窗前摆了几枝梧桐，我觉得绿意实在太多了。古人说“芭蕉分绿上窗纱”，眼光未免太低，只是阶前窗下的所见而已。若登楼眺望，芭蕉便落在眼底，应见“梧桐分绿上窗纱”了。

一个月以来，我又眼看见梧桐叶落的光景。样子真凄惨呢！最初绿色黑暗起来，变成墨绿；后来又由墨绿转成焦黄；北风一吹，它们大惊小怪地闹将起来，大大的黄叶便开始辞枝——起初突然地落脱一两张来；后来成群地飞下一大批来，好像谁从高楼上丢下来的东西。枝头渐渐地虚空了，露出树后面的房屋来，终于只剩几根枝条，回复了春初的面目。这几天它们空手站在我的窗前，好像曾经娶妻生子而家破人亡了的光棍，样子怪可怜的！我想起了古人的诗：“高高山头树，风吹叶落去。一去数千里，何当还故处？”现在倘要搜集它们的一切落叶来，使它们一齐变绿，重还故枝，回复夏日的光景，即使仗了世间一切支配者的势力，尽了世间一切机械的效能，也是不可能的事了！回黄转绿世间多，但象征悲哀的莫如落叶，尤其是梧桐的落叶。落花也曾令人悲哀。但花的寿命短促，犹如婴儿初生即死，我们虽也怜惜它，但因对它关系未久，回忆不多，因之悲哀也不深。叶的寿命比花长得多，尤其是梧桐的叶，自初生至落尽，占有大半年之久，况且这般繁茂，这般盛大！眼前高厚浓重的几堆大绿，一朝化为乌有！“无常”的象征，莫大于此了！

但它们的主人，恐怕没有感到这种悲哀。因为他们虽然种植了它们，所有了它们，但都没有看见上述的种种光景。他们只是坐在窗下瞧瞧它们的根干，站在阶前仰望它们的枝叶，为它们扫扫落叶而已，何从看见它们的容貌呢？何从感到它们的象征呢？可知自然是不能被占有的。可知艺术也是不能被占有的。

杨柳

因为我的画中多杨柳树，就有人说我喜欢柳树；因为有人说我喜欢杨柳树，我似觉自己真与杨柳树有缘。但我也曾问心，为什么喜欢杨柳树？到底与杨柳树有什么缘？其答案了不可得。原来这完全是偶然的：昔年我住在白马湖上，看见人们在湖边种柳，我向他们讨了一小株，种在寓屋的墙角里。因此给这屋取名“小杨柳屋”，因此常取见惯的杨柳为画材，因此就有人说我喜欢杨柳，因此我自己似觉与杨柳有缘。假如当时人们在湖边种荆棘，也许我会给屋取为“小荆棘屋”，而专画荆棘，成为与荆棘有缘，亦未可知。天下事往往如此。

但假如我存心要和杨柳结缘，就不说上面的话，而可以附会种种的理由上去。或者说我爱它的鹅黄嫩绿，或者说我爱它的如醉如舞，或者说我爱它像小蛮的腰，或者说我爱它是陶渊明的宅边所种的，或者还可援引“客舍青青”的诗，“树犹如此”的话，以及“王恭之貌”“张绪之神”等种种古典来，作为自己爱柳的理由。即使要找三百个冠冕堂皇、高雅深刻的理由，也是很容易的。天下事又往往如此。

也许我曾经对人说过“我爱杨柳”的话。但这话也是随缘。仿佛我偶然买一双黑袜穿在脚上，逢人问我“为什么穿黑袜”时，就对他说“我喜欢穿黑袜”一样。实际，我向来对于花木无所爱好；即有之，亦无所执着。这是因为我生长穷乡，只见桑麻、禾黍、烟片、棉花、小麦、大豆，不曾亲近过万花如绣的园林。只在几本旧书里看见过“紫薇”“红杏”“芍药”“牡丹”等美丽的名称，但难得亲近这等名称的所有者。并非完全没有见过，只因见时它们往往使我失望，不相信这便是曾对紫薇郎的紫薇花，曾使尚书出名的红杏，曾傍美人醉卧的芍药，或者象征富贵的牡丹。我觉得它们也只是植物中的几种，不过少见而名贵些，实在也没有什么特别可爱的地方，似乎不配在诗词中那样地受人称赞，更不配在花木中占据那样高尚的地位。因此我似觉诗词中所赞叹的名花是另外一种，不是我现在所看见的这种植物。我也曾偶游富丽的花园，但终于不曾见过十足地配称“万花如绣”的景象。

假如我现在要赞美一种植物，我仍是要赞美杨柳。但这与前缘无关，只是我这几天的所感，一时兴到，随便谈谈，也不会像信仰宗教或崇拜主义地毕生皈依它。为的是昨日天气佳，埋头写作到傍晚，不免走到西湖边的长椅子里去坐了一会儿。看见湖岸的杨柳树上，好像挂着几万串嫩绿的珠子，在温暖的春风中飘来飘去，飘出许多弯度微微的S线来，觉得这一种植物实在美丽可爱，非赞它一下不可。

听人说，这种植物是最贱的。剪一根枝条来插在地上，它也会活起来，后来变成一株大杨柳树。它不需要高贵的肥料或工深的壅培，只要有阳光、泥土和水，便会生活，而且生得非常强健而美丽。牡丹花要吃猪肚肠，葡萄藤要吃肉汤，许多花木要吃豆饼，杨柳树不要吃人家的东西，因此人们说它是“贱”的。大概“贵”是要吃的意思。越要吃得多，越要吃得好，就是越“贵”。吃得很多很好而没有用处，只供观赏的，似乎更贵。例如牡丹比葡萄贵，是为了牡丹吃了猪肚肠只供观赏，而葡萄吃了肉汤有结果的缘故。杨柳不要吃人的东西，且有木材供人用，因此被人看作“贱”的。

我赞杨柳美丽，但其美与牡丹不同，与别的一切花木都不同。杨柳的主要的美点，是其下垂。花木大都是向上发展的，红杏能长到“出墙”，古木能长到“参天”。向上原是好的，但我往往看见枝叶花果蒸蒸日上，似乎忘记了下面的根，觉得其样子可恶！你们是靠它养活的，怎么只管高踞上面，决不理睬它呢？你们的生命建设在它上面，怎么只管贪图自己的光荣，而决不回顾处在泥土中的根本呢？花木大都如此。甚至下面的根已经被砍，而上面的花叶还是欣欣向荣，在那里作最后一刻的威福，真是可恶而又可怜！杨柳没有这般可恶可怜的样子：它不是不会向上生长。它长得很快，而且很高；但是越长得高，越垂得低。千万条陌头细柳，条条不忘记根本，常常俯首顾着下面，时时借了春风之力，向处在泥土中的根本拜舞，或者和它亲吻，好像一群活泼的孩子环绕着他们的慈母而游戏，而时时依傍到慈母的身旁去，或者扑进慈母的怀里去，使人看了觉得非常可爱。杨柳树也有高出墙头的，但我不嫌它高，为了它高而能下，为了它高而不忘本。

自古以来，诗文常以杨柳为春的一种主要题材。写春景曰“万树垂杨”，写春色曰“陌头杨柳”，或竟称春天为“柳条春”。我以为这并非仅为杨柳当春抽条的缘故，实因其树有一种特殊的姿态，与和平美丽的春光十分调和的缘故。这种姿态的特殊点，便是“下垂”。不然，当春发芽的树木不知凡几，何以专让柳条做春的主人呢？只为别的树木都凭仗了春之力而拼命向上，一味求高，忘记了自己的根本，其贪婪之相不合于春的精神。最能象征春的神意的，只有垂杨。

这是我昨天看了西湖边上的杨柳而一时兴起的感想。但我所赞美的不仅是西湖上的杨柳。在这几天的春光之下，乡村处处的杨柳都有这般可赞美的姿态。西湖似乎太高贵了，反而不适于栽植这种“贱”的垂杨呢。

贰……

众生百相，各自安好

上了车纷争座位，下了车各自回家。

在车厢中留心保管你的车票，下车时把车票原物还他。

两个“？”

我从幼小时候就隐约地看见两个“？”。但我到了三十岁上方才明确地看见它们。现在我把看见的情况写些出来。

第一个“？”叫作“空间”。我孩提时跟着我的父母住在故乡石门湾的一间老屋里，以为老屋是一个独立的天地。老屋的壁的外面是什么东西，我全不想起。有一天，邻家的孩子从壁缝间塞进一根鸡毛来，我吓了一跳；同时，悟到了屋的构造，知道屋的外面还有屋，空间的观念渐渐明白了。我稍长，店里的伙计抱了我步行到离家二十里的石门城[①]里的姑母家去，我在路上看见屋宇毗连，想象这些屋与屋之间都有壁，壁间都可塞过鸡毛。经过了很长的桑地和田野之后，进城来又是毗连的屋宇，地方似乎是没有穷尽的。从前我把老屋的壁当作天地的尽头，现在知道不然。我指着城外问大人们：“再过去还有地方吗？”大人们回答

---

① 石门城，原名崇德县，一度改为石门县。1958 年并入桐乡县，改名崇福镇。

我说："有嘉兴、苏州、上海；有高山，有大海，还有外国。你大起来都可去玩。"一个粗大的"？"隐约地出现在我的眼前。回家以后，早晨醒来，躺在床上驰想：床的里面是帐，除去了帐是壁，除去了壁是邻家的屋，除去了邻家的屋又是屋，除完了屋是空地，空地完了又是城市的屋，或者是山是海，除去了山，渡过了海，一定还有地方……空间到什么地方为止呢？我拿这疑问询问大姐，大姐回答我说："到天边上为止。"她说天像一只极大的碗覆在地面上。天边上是地的尽头，这话我当时还听得懂；但天边的外面又是什么地方呢？大姐说："不可知了。"很大的"？"又出现在我的眼前，但须臾就隐去。我且吃我的糖果，玩我的游戏吧。

我进了小学校，先生教给我地球的知识。从前的疑问到这时候豁地解决了。原来地是一个球。那么，我躺在床上一直向里床方面驰想过去，结果是绕了地球一匝而仍旧回到我的床前。这是何等新奇而痛快的解决！我回家来欣然地把这新闻告诉大姐。大姐说："球的外面是什么呢？"我说："是空。""空到什么地方为止呢？"我茫然了。我再到学校去问先生，先生说："不可知了。"很大的"？"又出现在我的眼前，但也不久就隐去。我且读我的英文，做我的算术吧。

我进师范学校，先生教我天文。我怀着热烈的兴味而听讲，希望对于小学时代的疑问，再得一个新奇而痛快的解决。但终于失望。先生说："天文书上所说的只是人力所能发见的星球。"

又说："宇宙是无穷大的。"无穷大的状态，我不能想象。我仍是常常驰想，这回我不再躺在床上向横方驰想，而是仰首向天上驰想，向这苍苍者中一直上去，有没有止境？有的么，其处的状态如何？没有的么，使我不能想象。我眼前的"？"比前愈加粗大，愈加迫近，夜深人静的时候，我屡屡为了它而失眠。我心中愤慨地想：我身所处的空间的状态都不明白，我不能安心做人！世人对于这个切身而重大的问题，为什么都不说起？以后我遇见人，就向他们提出这疑问。他们或者说不可知，或一笑置之，而谈别的世事了。我愤慨地反抗："朋友，这个问题比你所谈的世事重大得多，切身得多！你为什么不理？"听到这话的人都笑了。他们的笑声中似乎在说："你有神经病了。"我不好再问，只得让那粗大的"？"照旧挂在我的眼前。

第二个"？"叫作"时间"。我孩提时关于时间只有昼夜的观念。月、季、年、世等观念是没有的。我只知道天一明一暗，人一起一睡，叫作一天。我的生活全部沉浸在"时间"的急流中，跟了它流下去，没有抬起头来望望这急流的前后的光景的能力。有一次新年里，大人们问我几岁，我说六岁。母亲教我："你还说六岁？今年你是七岁了，已经过了年了。"我记得这样的事以前似曾有过一次。母亲教我说六岁时也是这样教的。但相隔久远，记忆模糊不清了。我方才知道这样时间的间隔叫作一年，人活过一年增加一岁。那时我正在父亲的私塾里读完《千字文》，有一晚，我到我们的染坊店里去玩，看见账桌上放着一册账簿，簿面上写着“菜字元集”这四字。我问管账先生，这是什么意思？他回答我说：“这是用你所读的《千字文》上的字来记年代的。这店是你们祖父手里开张的。开张的那一年所用的第一册账簿，叫作‘天字元集’，第二年的叫作‘地字元集’，天地玄黄，宇宙洪荒……每年用一个字。用到今年正是‘菜重芥姜’的‘菜’字。”因为这事与我所读的书有关联，我听了很有兴味。他笑着摸摸他的白胡须，继续说道：“明年‘重’字，后年‘芥’字，我们一直开下去，开到‘焉哉乎也’的‘也’字，大家发财！”我口快地接着说：“那时你已经死了！我也死了！”他用手掩住我的口道：“话勿得！话勿得！大家长生不老！大家发财！”我被他弄得莫名其妙，不敢再说下去了。但从这时候起，我不复全身沉浸在“时间”的急流中跟它漂流。我开始在这急流中抬起头来，回顾后面，眺望前面，想看看“时间”这东西的状态。我想，我们这店即使依照《千字文》开了一千年，但“天”字以前和“也”字以后，一定还有年代。那么，时间从何时开始，何时了结呢？又是一个粗大的“？”隐约地出现在我的眼前。我问父亲：“祖父的父亲是谁？”父亲道：“曾祖。”“曾祖的父亲是谁？”“高祖。”“高祖的父亲是谁？”父亲看见我有些像孟尝君，笑着抚我的头，说：“你要知道他做什么？人都有父亲，不过年代太远的祖宗，我们不能一一知道他的人了。”我不敢再问，但在心中思维“人都有父亲”这句话，觉得与空间的“无穷大”同样不可想象。很大的“？”又出现在我的眼前。

我入小学校，历史先生教我盘古氏开天辟地的事。我心中想：天地没有开辟的时候状态如何？盘古氏的父亲是谁？他的父亲的父亲的父亲……又是谁？同学中没有一个提出这样的疑问，我也不敢询问先生。我入师范学校，才知道盘古氏开天辟地是一种靠不住的神话。又知道西洋有达尔文的“进化论”，人类的远祖就是做戏法的人所畜的猴子。而且猴子还有它的远祖。从我们向过去逐步追溯上去，可一直追溯到生物的起源，地球的诞生，太阳的诞生，宇宙的诞生。再从我们向未来推想下去，可一直推想到人类的末日，生物的绝种，地球的毁坏，太阳的冷却，宇宙的寂灭。但宇宙诞生以前和寂灭以后，“时间”这东西难道没有了吗？“没有时间”的状态，比“无穷大”的状态愈加使我不能想象。而时间的性状实比空间的性状愈加难于认识。我在自己的呼吸中窥探时间的流动痕迹，一个个的呼吸鱼贯地翻进“过去”的深渊中，无论如何不可挽留。我害怕起来，屏住了呼吸，但自鸣钟仍在“的格，的格”地告诉我时间的经过。一个个的“的格”鱼贯地翻进过去的深渊中，仍是无论如何不可挽留的。时间究竟怎样开始？将怎样告终？我眼前的“？”比前愈加粗大，愈加迫近了。夜深人静的时候，我屡屡为它失眠。我心中愤慨地想：我的生命是跟了时间走的。“时间”的状态都不明白，我不能安心做人！世人对于这个切身而重大的问题，为什么都不说起？以后我遇见人，就向他们提出这个问题。他们或者说不可知，或者一笑置之，而谈别的世事了。我愤慨地反抗：“朋友！我这个问题比你所谈的世事重大得多，切身得多！你为什么不理？”听到这话的人都笑了。他们的笑声中似乎在说：“你有神经病了！”我不再问，只能让那粗大的“？”照旧挂在我的眼前。

忆儿时

我回忆儿时，有三件不能忘却的事。

第一件是养蚕。那是我五六岁时、我祖母在日的事。我祖母是一个豪爽而善于享乐的人，良辰佳节不肯轻轻放过。养蚕也每年大规模地举行。其实，我长大后才晓得，祖母的养蚕并非专为图利，叶贵的年头常要蚀本，然而她喜欢这暮春的点缀，故每年大规模地举行。我所喜欢的，最初是蚕落地铺。那时我们的三开间的厅上、地上统是蚕，架着经纬的跳板，以便通行及饲叶。蒋五伯挑了担到地里去采叶，我与诸姐跟了去，去吃桑葚。蚕落地铺的时候，桑葚已很紫而甜了，比杨梅好吃得多。我们吃饱之后，又用一张大叶做一只碗，采了一碗桑葚，跟了蒋五伯回来。蒋五伯饲蚕，我就以走跳板为戏乐，常常失足翻落地铺里，压死许多蚕宝宝，祖母忙喊蒋五伯抱我起来，不许我再走。然而这满屋的跳板，像棋盘街一样，又很低，走起来一点也不怕，真是有趣。这真是一年一度的难得的乐事！所以虽然祖母禁止，我总是每天要去走。

蚕上山之后，全家静默守护，那时不许小孩子们吵了，我暂时感到沉闷。然而过了几天，采茧，做丝，热闹的空气又浓起来了。我们每年照例请牛桥头七娘娘来做丝。蒋五伯每天买枇杷和软糕来给采茧、做丝、烧火的人吃。大家认为现在是辛苦而有希望的时候，应该享受这点心，都不客气地取食。我也无功受禄地天天吃多量的枇杷与软糕，这又是乐事。

七娘娘做丝休息的时候，捧了水烟筒，伸出她左手上的短少半段的小指给我看，对我说：做丝的时候，丝车后面，是万万不可走近去的。她的小指，便是小时候不留心被丝车轴棒轧脱的。她又说："小团团不可走近丝车后面去，只管坐在我身旁，吃枇杷，吃软糕。还有做丝做出来的蚕蛹，叫妈妈油炒一炒，真好吃哩！"然而我始终不要吃蚕蛹，大概是我爸爸和诸姐都不要吃的缘故。我所乐的，只是那时候家里的非常的空气。日常固定不动的堂窗、长台、八仙椅子，都收拾去，而变成不常见的丝车、匾、缸。又不断地公然地可以吃小食。

丝做好后，蒋五伯口中唱着"要吃枇杷，来年蚕吧"，收拾丝车，恢复一切陈设。我感到一种兴尽的寂寥。然而对于这种变换，倒也觉得新奇而有趣。

现在我回忆这儿时的事，常常使我神往！祖母、蒋五伯、七娘娘和诸姐都像童话里、戏剧里的人物了。且在我看来，他们当时这剧的主人公便是我。何等甜美的回忆！只是这剧的题材，现在我仔细想想觉得不好：养蚕做丝，在生计上原是幸福的，然其本身是数万的生灵的杀虐！《西青散记》里面有两句仙人的诗句："自织藕丝衫子嫩，可怜辛苦赦春蚕。"安得人间也发明织藕丝的丝车，而尽赦天下的春蚕的性命！

我七岁上祖母死了[①]，我家不复养蚕。不久父亲与诸姐弟相继死亡，家道衰落了，我的幸福的儿时也过去了。因此这回忆一面使我永远神往，一面又使我永远忏悔。

第二件不能忘却的事，是父亲的中秋赏月，而赏月之乐的中心，在于吃蟹。

我的父亲中了举人之后，科举就废，他无事在家，每天吃酒，看书。他不要吃羊、牛、猪肉，而喜欢吃鱼、虾之类。而对于蟹，尤其喜欢。自七八月起直到冬天，父亲平日的晚酌规定吃一只蟹，一碗隔壁豆腐店里买来的开锅热豆腐干。他的晚酌，时间总在黄昏。八仙桌上一盏洋油灯，一把紫砂酒壶，一只盛热豆腐干的碎瓷盖碗，一把水烟筒，一本书，桌子角上一只端坐的老猫，我脑中这印象非常深刻，到现在还可以清楚地浮现出来，我在旁边看，有时他给我一只蟹脚或半块豆腐干。然我喜欢蟹脚。蟹的味道真好，我们五个姊妹兄弟，都喜欢吃，也是为了父亲喜欢吃的缘故。

只有母亲与我们相反，喜欢吃肉，而不喜欢又不会吃蟹，吃的时候常常被蟹螯上的刺刺开手指，出血；而且抉剔得很不干

---

① 作者祖母于1902年去世，当时作者五岁。

净，父亲常常说她是外行。父亲说：吃蟹是风雅的事，吃法也要内行才懂得。先折蟹脚，后开蟹斗……脚上的拳头（即关节）里的肉怎样可以吃干净，脐里的肉怎样可以剔出……脚爪可以当作剔肉的针……蟹螯上的骨头可以拼成一只很好看的蝴蝶……父亲吃蟹真是内行，吃得非常干净。所以陈妈妈说："老爷吃下来的蟹壳，真是蟹壳。"

蟹的储藏所，就在天井角落里的缸里，经常总养着十来只。到了七夕、七月半、中秋、重阳等节候上，缸里的蟹就满了，那时我们都有得吃，而且每人得吃一大只，或一只半。尤其是中秋一天，兴致更浓。

在深黄昏，移桌子到隔壁的白场上的月光下面去吃。更深人静，明月底下只有我们一家的人，恰好围成一桌，此外只有一个供差使的红英坐在旁边。大家谈笑，看月亮，他们——父亲和诸姐——直到月落时光，我则半途睡去，与父亲和诸姐不分而散。

这原是为了父亲嗜蟹，以吃蟹为中心而举行的。故这种夜宴，不仅限于中秋，有蟹的季节里的月夜，无端也要举行数次。不过不是良辰佳节，我们少吃一点，有时两人分吃一只。我们都学父亲，剥得很精细，剥出来的肉不是立刻吃的，都积受在蟹斗里，剥完之后，放一点姜醋，拌一拌，就作为下饭的菜，此外没有别的菜了。因为父亲吃菜是很省的，而且他说蟹是至味，吃蟹时混吃别的菜肴，是乏味的。

我们也学他，半蟹斗的蟹肉，过两碗饭还有余，就可得父亲的称赞，又可以白口吃下余多的蟹肉，所以大家都勉力节省。现在回想那时候，半条蟹腿肉要过两大口饭，这滋味真好！自父亲死了以后，我不曾再尝这种好滋味。现在，我已经自己做父亲，况且已经茹素，当然永远不会再尝这滋味了。唉！儿时欢乐，何等使我神往！

然而这一剧的题材，仍是生灵的杀虐！因此这回忆一面使我永远神往，一面又使我永远忏悔。

第三件不能忘却的事，是与隔壁豆腐店里的王囡囡的交游，而这交游的中心，在于钓鱼。

那是我十二三岁时的事，隔壁豆腐店里的王囡囡是当时我的小侣伴中的大阿哥。他是独子，他的母亲、祖母和大伯，都很疼爱他，给他很多的钱和玩具，而且每天放任他在外游玩。他家与我家贴邻而居。我家的人们每天赴市，必须经过他家的豆腐店的门口，两家的人们朝夕相见，互相来往。小孩们也朝夕相见，互相来往。此外他家对于我家似乎还有一种邻人以上的深切的交谊，故他家的人对于我特别要好，他的祖母常常拿自产的豆腐干、豆腐衣等来送给我父亲下酒。

同时在小侣伴中，王囡囡也特别和我要好。他的年纪比我大，气力比我好，生活比我丰富，我们一道游玩的时候，他时时引导我，照顾我，犹似长兄对于幼弟。我们有时就在我家的染坊店里的榻上玩耍，有时相偕出游。他的祖母每次看见我俩一同玩耍，必叮嘱囡囡好好看待我，勿要相骂。我听人说，他家似乎曾经患难，而我父亲曾经帮他们忙，所以他家大人们吩咐王囡囡照应我。

我起初不会钓鱼，是王囡囡教我的。他叫他大伯买两副钓竿，一副送我，一副他自己用。他到米桶里去捉许多米虫，浸在盛水的罐头里，领了我到木场桥头去钓鱼。他教给我看，先捉起一个米虫来，把钓钩由虫尾穿进，直穿到头部。然后放下水去。他又说："浮珠一动，你要立刻拉，那么钩子钩住鱼的颚，鱼就逃不脱。"我照他所教的试验，果然第一天钓了十几头白条，然而都是他帮我拉钓竿的。

第二天，他手里拿了半罐头扑杀的花蝇，又来约我去钓鱼。途中他对我说："不一定是米虫，用苍蝇钓鱼更好。鱼喜欢吃苍蝇！"这一天我们钓了一小桶各种的鱼。回家的时候，他把鱼桶送到我家里，说他不要。我母亲就叫红英去煎一煎，给我下晚饭。

自此以后，我只管欢喜钓鱼。不一定要王囡囡陪去，自己一人也去钓，又学得了掘蚯蚓来钓鱼的方法。而且钓来的鱼，不仅够自己下晚饭，还可送给店里的人吃，或给猫吃。我记得这时候我的热心钓鱼，不仅出于游戏欲，又有几分功利的兴味在内。有三四个夏季，我热心于钓鱼，给母亲省了不少的菜蔬钱。

后来我长大了，赴他乡入学，不复有钓鱼的工夫。但在书中常常读到赞咏钓鱼的文句，例如什么"独钓寒江雪"，什么"渔樵寄此身"，才知道钓鱼原来是很风雅的事。后来又晓得有所谓

"游钓之地"的美名称，是形容人的故乡的。我大受其煽惑，为之大发牢骚，我想："钓鱼确是雅的，我的故乡，确是我的游钓之地，确是可怀的故乡。"但是现在想想，不幸而这题材也是生灵的杀虐！

我的黄金时代很短，可怀念的又只有这三件事。不幸而都是杀生取乐，都使我永远忏悔。

中举人

我的父亲是清朝光绪年间最后一科的举人。他中举人时我只四岁，隐约记得一些，听人传说一些情况，写这篇笔记。话须得从头说起：

我家在明末清初就住在石门湾。上代已不可知，只晓得我的祖父名小康，行八，在这里开一爿染坊店，叫作丰同裕。这店到了抗日战争开始时才烧毁。祖父早死，祖母沈氏，生下一女一男，即我的姑母和父亲。祖母读书识字，常躺在鸦片灯边看《缀白裘》[①]等书。打瞌睡时，往往烧破书角。我童年时还看到过这些烧残的书。她又爱好行乐。镇上演戏文时，她总到场，先叫人搬一只高椅子去，大家都认识这是丰八娘娘的椅子。她又请了会吹弹的人，在家里教我的姑母和父亲学唱戏。邻近沈家的四相公常在背后批评她："丰八老太婆发昏了，教儿子女

① 戏曲剧本演出散集，收录《琵琶记》《牡丹亭》等昆腔、高腔、乱弹腔、梆子腔等流行剧目。

儿唱徽调。”因为那时唱戏是下等人的事。但我祖母听到了满不在乎。我后来读《浮生六记》，觉得我的祖母颇有些像那芸娘。

父亲名𫓧，字斛泉，二十六七岁时就参与大比。大比者，就是考举人，三年一次，在杭州贡院中举行，时间总在秋天。那时没有火车，便坐船去。运河直通杭州，约八九十里。在船中一宿，次日便到。于是在贡院附近租一个“下处”，等候进场。祖母临行叮嘱他：“斛泉，到了杭州，勿再埋头用功，先去玩玩西湖。胸襟开朗，文章自然生色。”但我父亲总是忧心悄悄，因为祖母一方面旷达，一方面非常好强。曾经对人说：“坟上不立旗杆，我是不去的。”那时定例：中了举人，祖坟上可以立两个旗杆。中了举人，不但家族亲戚都体面，连已死的祖宗也光荣。祖母定要立了旗杆才到坟上，就是定要我父亲在她生前中举人。我推想父亲当时的心情多么沉重，哪有兴致玩西湖呢？

每次考毕回家，在家静候福音。过了中秋消息沉沉，便确定这次没有考中，只得再在家里饮酒，看书，吸鸦片，进修三年，再去大比。这样地过了三次，即九年，祖母日渐年老，经常卧病。我推想当时父亲的心里多么焦灼！但到了他三十六岁那年，果然考中了。那时我年方四岁，妈妈抱了我挤在人丛中看他拜北阙，情景隐约在目。那时的情况是这样：

父亲考毕回家，天天闷闷不乐，早眠晏起，茶饭无心。祖母躺在床上，请医吃药。有一天，中秋过后，正是发榜的时候[1]，染店里的管账先生，即我的堂房伯伯，名叫亚卿，大家叫他“麻子三大伯”的，早晨到店，心血来潮，说要到南高桥头去等“报事船”。大家笑他发呆，他不顾管，径自去了。他的儿子名叫乐生，是个顽皮孩子（关于此人，我另有记录），跟了他去。父子两人在南高桥上站了一会儿，看见一只快船驶来，锣声噹噹不绝。他就问：“谁中了？”船上人说：“丰鐄，丰鐄！”乐生先逃，麻子三大伯跟着他跑。旁人不知就里，都说：“乐生又闯了祸了，他老子在抓他呢。”

麻子三大伯跑回来，闯进店里，口中大喊：“斛泉中了！斛泉中了！”父亲正在蒙被而卧。麻子大伯喊到他床前，父亲讨厌他，回说：“你不要瞎说，是四哥，不是我！”四哥者，是我的一个堂伯，名叫丰锦，字浣江，那年和父亲一同去大比的。但过了不久，报事船已经转进后河，锣声敲到我家里来了。“丰鐄接诰封！丰鐄接诰封！”一大群人跟了进来。我父亲这才披衣起床，到楼下去盥洗。祖母闻讯，也扶病起床。

我家房子是向东的，于是在厅上向北设张桌子，点起香烛，等候新老爷来拜北阙。麻子三大伯跑到市里，看见团子、粽子就拿，拿回来招待报事人。那些卖团子、粽子的人，绝不同他计较。因为他们都想同新贵的人家结点缘。但后来总是付清价钱的。父亲戴了红缨帽，穿了外套走出来，向北三跪九叩，然后开

---

① 当时发榜常在农历九月初九，取重九登高之意。

诰封。祖母头上拔下一支金挖耳来，将诰封挑开，这金挖耳就归报事人获得。报事人取出“金花”来，插在父亲头上，又插在母亲和祖母头上。这金花是纸做的，轻巧得很。据说皇帝发下的时候，是真金的，经过人手，换了银花，再换了铜花，最后换了纸花。但不拘怎样，总之是光荣。表演这一套的时候，我家里挤满了人。因为数十年来石门湾不曾出过举人，所以这一次特别稀奇。我年方四岁，由奶妈抱着，挤在人丛中看热闹，虽然莫明其妙，但到现在还保留着模糊的印象。

两个报事人留着，住在店楼上写“报单”。报单用红纸，写宋体字：“喜报贵府老爷丰鐄高中庚子辛丑恩政并科第八十七名举人。”自己家里挂四张，亲戚每家送两张。这“恩政并科”便是最后一科，此后就废科举，办学堂了。本来，中了举人之后，再到北京“会试”，便可中进士，做官。举人叫作金门槛，很不容易跨进；一跨进之后，会试就很容易，因为人数很少，大都录取。但我的父亲考中的是最后一科，所以不得会试，没有官做，只得在家里设塾授徒，坐冷板凳了。这是后话。且说写报单的人回去之后，我家就举行“开贺”。房子狭窄，把灶头拆掉，全部粉饰，挂灯，结彩。附近各县知事，以及远近亲友都来贺喜，并送贺仪。这贺仪倒是一笔收入。有些人要“高攀”，特别送得重。客人进门时，外面放炮三声，里面乐人吹打。客人叩头，主人还礼。礼毕，请客吃“跑马桌”。跑马桌者，不拘什么时候，请他吃一桌酒。这样，免得大排筵席，倒是又简便又隆重的办法。开贺三天，祖母天天扶病下楼来看，病也似乎好了一点。父亲应酬辛劳，全靠鸦片借力。但祖母经过这番兴奋，终于病势日渐沉重起来。父亲连忙在祖坟上立旗杆。不多久，祖母病危了。弥留时问父亲："坟上旗杆立好了吗？"父亲回答："立好了。"祖母含笑而逝。于是开吊，出丧，又是一番闹热，不亚于开贺的时候。大家说："这老太太真好福气！"我还记得祖母躺在尸床上时，父亲拿一叠纸照在她紧闭的眼前，含泪说道："妈，我还没有把文章给你看过。"其声呜咽，闻者下泪。后来我知道，这是父亲考中举人的文章的稿子。那时已不用八股文而用策论，题目是《汉宣帝信赏必罚，综核名实论》和《唐太宗盟突厥于便桥，宋真宗盟契丹于澶州论》。

父亲三十六岁中举人，四十二岁就死于肺病。这五六年中，他的生活实在很寂寥。每天除授徒外，只是饮酒看书吸鸦片。他不吃肥肉，难得吃些极精的火腿。秋天爱吃蟹，向市上买了许多，养在缸里，每天晚酌吃一只。逢到七夕、中秋、重阳佳节，我们姐妹四五人也都得吃。下午放学后，他总在附近沈子庄开的鸦片馆里度过。晚酌后，在家吸鸦片，直到更深，再吃夜饭。我的三个姐姐陪着他吃。吃的是一个皮蛋，一碗冬菜。皮蛋切成三份，父亲吃一份，姐姐们分食两份。我年幼早睡，是没有资格参与的。父亲的生活不得不如此清苦。因为染坊店收入有限，束脩更为微薄，加上两爿大商店（油车、当铺）的

“出官”[①]每年送一二百元外，别无进账。父亲自己过着清苦的生活，他的族人和亲戚却沾光不少。凡是同他并辈的亲族，都称老爷奶奶，下一辈的都称少爷小姐。利用这地位而作威作福的，颇不乏人。我是嫡派的少爷。常来当差的褚老五，带了我上街去，街上的人都起敬，糕店送我糕，果店送我果，总是满载而归。但这一点荣华也难久居，我九岁上，父亲死去，我们就变成孤儿寡妇之家了。

---

① 指商店借举人老爷之名得到保障，因而付给的酬金。

我的母亲

中国文化馆要我写一篇《我的母亲》，并寄我母亲的照片一张。照片我有一张四寸的肖像。一向挂在我的书桌的对面。已有放大的挂在堂上，这一张小的不妨送人。但是《我的母亲》一文从何处说起呢？看看我母亲的肖像，想起了母亲的坐姿。母亲生前没有摄影取坐像的照片，但这姿态清楚地摄入在我脑海中的底片上，不过没有晒出。现在就用笔墨代替显形液和定影液，把我母亲的坐像晒出来吧：

我的母亲坐在我家老屋的西北角里的八仙椅子上，眼睛里发出严肃的光辉，口角上表出慈爱的笑容。

老屋的西北角里的八仙椅子，是母亲的老位子。从我小时候直到她逝世前数月，母亲空下来总是坐在这把椅子上，这是很不舒服的一个座位：我家的老屋是一所三开间的楼厅，右边是我的堂兄家，左边一间是我的堂叔家，中央一间是我家。但是没有板壁隔开，只拿在左右的两排八仙椅子当作三份人家的界限。所以母亲坐的椅子，背后凌空。若是沙发椅子，三面有柔软的厚壁，凌空原无妨碍。但我家的八仙椅子是木造的，坐板和靠背呈九十度角，靠背只是疏疏的几根木条，其高只及人的肩膀。母亲坐着没处搁头，很不安稳。母亲又防椅子的脚摆在泥土上要霉烂，用二三寸高的木座子垫衬在椅子脚下，因此这只八仙椅子特别高，母亲坐上去两脚须得挂空，很不便利。所谓西北角，就是左边最里面的一只椅子，这椅子的里面就是通过退堂的门。退堂里就是灶间。母亲坐在椅子上向里面顾，可以看见灶头。风从里面吹出的时候，烟灰和油气都吹在母亲身上，很不卫生。堂前隔着三四尺阔的一条天井便是墙门。墙外面便是我们的染坊店。母亲坐在椅子里向外面望，可以看见杂沓往来的顾客，听到沸反盈天的市井声，很不清静。但我的母亲一生坐在我家老屋西北角里的这样不安稳、不便利、不卫生、不清静的一只八仙椅子上，眼睛发出严肃的光辉，口角上表出慈爱的笑容。母亲为什么老是坐在这样不舒服的椅子里呢？因为这位子在我家中最为重要。母亲坐在这位子里可以顾到灶上，又可以顾到店里。母亲为要兼顾内外，便顾不到座位的安稳不安稳，便利不便利，卫生不卫生，和清静不清静了。

我四岁时，父亲中了举人，同年祖母逝世，父亲丁艰[①]在家，郁郁不乐，以诗酒自娱，不管家事，丁艰终而科举废，父亲就从此隐遁。这期间家事店事，内外都归母亲一个兼理。我从书堂出来，照例走向坐在西北角里的椅子上的母亲的身边，向她讨

---

① 遭逢父母丧事。

点东西吃。母亲口角上表出亲爱的笑容，伸手除下挂在椅子头顶的“饿杀猫篮”[①]，拿起饼饵给我吃；同时眼睛里发出严肃的光辉，给我几句勉励。

我九岁的时候，父亲遗下了母亲和我们姐弟六人，薄田数亩和染坊店一间而逝世。我家内外一切责任全部归母亲负担。此后她坐在那椅子上的时间愈加多了。工人们常来坐在里面的凳子上，同母亲谈家事；店伙们常来坐在外面的椅子上，同母亲谈店事；父亲的朋友和亲戚邻人常来坐在对面的椅子上，同母亲交涉或应酬。我从学堂里放假回家，又照例走向西北角椅子边，同母亲讨个铜板。有时这四班人同时来到，使得母亲招架不住，于是她用眼睛的严肃的光辉来命令，警戒，或交涉；同时又用了口角上的慈爱的笑容来劝勉，抚爱，或应酬。当时的我看惯了这种光景，以为母亲是天生成坐在这只椅子上的，而且天生成有四班人向她缠绕不清的。

我十七岁离开母亲，到远方求学。临行的时候，母亲眼睛里发出严肃的光辉，诫我待人接物求学立身的大道；口角上表出慈爱的笑容，关照我起居饮食一切的细事。她给我准备学费，她给我置备行李，她给我制一罐猪油炒米粉，放在我的网篮里；她给我做一个小线板，上面插两只引线放在我的箱子里，然后送我出门。放假归

---

① 一种用细竹篾制成的四周有孔，上方有盖的竹篮，因能防止猫吃到篮中菜而得名。

来的时候，我一进店门，就望见母亲坐在西北角里的八仙椅子上。她欢迎我归家，口角上表现了慈爱的笑容，她探问我的学业，眼睛里发出严肃的光辉。晚上她亲自上灶，烧些我所爱吃的菜蔬给我吃，灯下她详询我的学校生活，加以勉励，教训，或责备。

我廿二岁毕业后，赴远方服务，不肯依居母亲膝下，唯假期归省。每次归家，依然看见母亲坐在西北角里的椅子上，眼睛里发出严肃的光辉，口角上表现出慈爱的笑容。她像贤主一般招待我，又像良师一般教训我。

我三十岁时，弃职归家，读书著述奉母，母亲还是每天坐在西北角里的八仙椅子上，眼睛里发出严肃的光辉，口角上表出慈爱的笑容。只是她的头发已由灰白渐渐转成银白了。

我三十三岁时，母亲逝世。我家老屋西北角里的八仙椅子上，从此不再有我母亲坐着了。然而我每逢看见这只椅子的时候，脑际一定浮出母亲的坐像——眼睛里发了严肃的光辉，口角上表现出慈爱的笑容。她是我的母亲，同时又是我的父亲。她以一身任严父兼慈母之职而训诲我抚养我，从我呱呱坠地的时候直到三十三岁，不，直到现在。

陶渊明诗云："昔闻长者言，掩耳每不喜。"我也犯这个毛病：我曾经全部接受了母亲的慈爱，但不会全部接受她的训诲。所以现在我每次想象中瞻望母亲的坐像，对于她口角上的慈爱的笑容觉得十分感谢，对于她眼睛里的严肃的光辉，觉得十分恐惧。这光辉每次给我以深刻的警惕和有力的勉励。

忆弟

突然外面走进一个人来，立停在我面前咫尺之地，向我深深地作揖。我连忙拔出口中的卷烟而答礼，烟灰正擦在他的手背上，卷烟熄灭了，连我也觉得颇有些烫痛。

等他仰起头来，我看见一个衰老憔悴的面孔，下面穿一身褴褛的衣裤，伛偻地站着。我的回想在脑中曲曲折折地转了好几个弯，才寻出这人的来历。起先认识他是太，后来记得他姓朱，我便说道：

“啊！你是朱家大伯！长久不见了。近来……”

他不等我说完就装出笑脸接上去说：

“少爷，长久不见了，我现在住在土地庵里，全靠化点香钱过活。少爷现在上海发财？几位官官①了？真是前世修的好福气！”

我没有逐一答复他在不在上海，发不发财，和生了几个儿

① 官官：作者家乡一带对小主人的称呼。

子；只是唯唯否否。他也不要求一一答复，接连地说过便坐下在旁边的凳子上。

我摸出烟包，抽出一支烟来请他吸，同时忙碌地回想过去。

二十余年之前，我十三四岁的时候，和满姐、慧弟[①]跟着母亲住在染坊店里面的老屋里。同住的是我们的族叔一家。这位朱家大伯便是叔母的娘家的亲戚而寄居在叔母家的。他年纪与叔母仿佛。也许比叔母小，但叔母叫他“外公”，叔母的儿子叫他“外公太太”[②]。论理我们也该叫他“外公太太”；但我们不论。一则因为他不是叔母的嫡亲外公，听说是她娘家同村人的外公；且这叔母也不是我们的嫡亲叔母，而是远房的。我们倘对他攀亲，正如我乡俗语所说，“攀了三日三夜，光绪皇帝是我表兄”了。二则因为他虽然识字，但是挑水果担的，而且年纪并不大，叫他“太太”有些可笑。所以我们都跟染坊店里的人叫他朱家大伯。而在背后谈他的笑话时，简称他为“太”。这是尊称的反用法。

太的笑话很多，发见他的笑话的是慧弟。理解而赏识这些笑话的只有我和满姐。譬如吃夜饭的时候，慧忽然用饭碗接住了他的尖而长的下巴，独自吃吃地笑个不住。我们便知道他是想起了今天所发见的太的笑话了，就用“太今天怎么样”一句话来催他

① 满姐：即作者的三姐丰满（梦忍）；慧弟，即作者的大弟丰浚（慧珠）。
② 太太：石门湾方言。称曾祖为太。

讲。他笑完了便讲：

“太今天躺在店里的榻上看《康熙字典》。竺官[①]坐在他旁边，也拿起一册来翻。翻了好久，把书一掷叫道：‘竺字在哪里？你这部字典翻不出的！’太一面看字典，一面随口回答：‘蛮好翻的！’竺官另取一册来翻了好久，又把书一掷叫道：‘翻不出的！你这部字典很难翻！’他又随口回答‘蛮好翻的！再要好翻没有了！’”

讲到这里，我们三人都笑不可抑了。母亲催我们吃饭。我们吃了几口饭又笑了起来。母亲说出两句陈语来：“食不言，寝不语。你们父亲前头……”但下文大都被我们的笑声淹没了。从此以后，我们要说事体的容易做，便套用太的语法，说“再要好做没有了”。后来更进一步。便说“同太的字典一样”了。现在慧弟的墓木早已拱了，我同满姐二人有时也还在谈话中应用这句古话以取笑乐。——虽然我们的笑声枯燥冷淡，远不及二十余年前夜饭桌上的热烈了。

有时他用手按住了嘴巴从店里笑进来，又是发见了太的笑话了。“太今天怎么样？”一问，他便又讲出一个来。

“竺官问太香瓜几钱一个，太说三钱一个，竺官说：‘一钱三个？’太说：‘勿要假来假去！’竺官向他担子里捧了三个香瓜就走，一面说着：‘一个铜元欠一欠，大年夜里有月亮，还

① 是店里的伙计。

你。’太追上去夺回香瓜。一个一个地还到担子里去，口里唱一般地说：‘别的事情可假来假去，做生意勿可假来假去！’”

讲到“别的事情都可假来假去”一句，我们又都笑不可抑了。

慧弟所发见的趣话，大都是这一类的。现在回想起来，他真是一个很别致的人。他能在寻常的谈话中随处发见笑的资料。例如嫌冷的人叫一声：“天为什么这样冷！”装穷的人说了一声：“我哪里有钱！”表明不赌的人说了一声：“我几时弄牌！”又如怪人多事的人说了一句：“谁要你讨好！”虽然他明知道这是借疑问词来加强语气的，并不真个要求对手的解答，但他故意捉住了话中的“为什么”“哪里”“几时”“谁”等疑问词而作可笑的解答。倘有人说“我马上去”，他便捉住他问：“你的马在哪里？”倘有人说“轮船马上开”，他就笑得满座皆笑了。母亲常说他“吃了笑药”，但我们这孤儿寡妇的家庭幸有这吃笑药的人，天天不缺乏和乐而温暖的空气。我和满姐虽然不能自动发见笑的资料，但颇能欣赏他的发见，尤其是关于太的笑话，在我们脑中留下不朽的印象。所以我和他虽已阔别二十余年，今天一见立刻认识，而且立刻想起他那部“再要好翻没有了”的字典。

但他今天不讲字典，只说要买一只龛缸，向我化一点钱。他说：

“我今年七十五岁了，近来一年不如一年。今年三月里在桑树根上绊一绊跌了一跤，险险乎病死。靠菩萨，还能走出来。但是还有几时活在世上呢？庵里毫无出息。化化香钱呢，大字号店家也只给一两个小钱，初一月半两次，每次最多得到三角钱，连一口白饭也吃不饱。店里先生还嫌我来得太勤。饿死了也干净，只怕这几根骨头没有人收拾，所以想买一只缸。缸价要七八块钱，汪恒泰里已答应我出两块钱，请少爷也做个好事。钱呢，买好了缸来领。”

我和满姐立刻答应他每人出一块钱。又请他喝一杯茶，留他再坐。我们想从他那里找寻自己童年的心情，但终于找不出，即使找出了也笑不出。因为主要的赏识者已不在人世，而被赏识的人已在预备买缸收拾自己的骨头，残生的我们也没有心思再做这种闲情的游戏了。我默默地吸卷烟，直到他的辞去。

儿女

回想四个月以前，我犹似押送囚犯，突然地把小燕子似的一群儿女从上海的租寓中拖出，载上火车，送回乡间，关进低小的平屋中。自己仍回到上海的租界中，独居了四个月。这举动究竟出于什么旨意，本于什么计划，现在回想起来，连自己也不相信。其实旨意与计划，都是虚空的，自骗自扰的，实际于人生有什么利益呢？只赢得世故尘劳，作弄几番欢愁的感情，增加心头的创痕罢了！

当时我独自回到上海，走进空寂的租寓，心中不绝地浮起这两句《楞严》经文："十方虚空在汝心中，犹如白云点太清里；况诸世界在虚空耶！"

晚上整理房室，把剩在灶间里的篮钵、器皿、余薪、余米，以及其他三年来寓居中所用的家常零星物件，尽行送给来帮我做短工的、邻近的小店里的儿子。只有四双破旧的小孩子的鞋子（不知为什么缘故），我不送掉，拿来整齐地摆在自己的床下，而且后来看到的时候常常感到一种无名的愉快。直到好几天之后，邻居的友人过来闲谈，说起这床下的小鞋子阴气迫人，我方始悟到自己的痴态，就把它们拿掉了。

朋友们说我关心儿女。我对于儿女的确关心，在独居中更常有悬念的时候。但我自以为这关心与悬念中，除了本能以外，似乎尚含有一种更强的加味。所以我往往不顾自己的画技与文笔的拙陋，动辄描摹。因为我的儿女都是孩子们，最年长的不过九岁，所以我对于儿女的关心与悬念中，有一部分是对于孩子们——普天下的孩子们——的关心与悬念。他们成人以后我对他们怎样？现在自己也不能晓得，但可推知其一定与现在不同，因为不复含有那种加味了。

回想过去四个月的悠闲宁静的独居生活，在我也颇觉得可恋，又可感谢。然而一旦回到故乡的平屋里，被围在一群儿女的中间的时候，我又不禁自伤了。因为我那种生活，或枯坐，默想，或钻研，搜求，或敷衍，应酬，比较起他们的天真、健全、活跃的生活来，明明是变态的，病的，残废的。

在一个炎夏的下午，我回到家中了。第二天的傍晚，我领了四个孩子——九岁的阿宝、七岁的软软、五岁的瞻瞻、三岁的阿韦——到小院中的槐荫下，坐在地上吃西瓜。夕暮的紫色中，炎阳的红味渐渐消减，凉夜的青味渐渐加浓起来。微风吹动孩子们的细丝一般的头发，身体上汗气已经全消，百感畅快的时候，孩子们似乎已经充溢着生的欢喜，非发泄不可了。最初是三岁的孩子的音乐的表现，他满足之余，笑嘻嘻摇摆着身子，口中一面嚼西瓜，一面发出一种像花猫偷食时候的“ngam ngam”的声音来。这音乐的表现立刻唤起了五岁的瞻瞻的共鸣，他接着发表他的诗：“瞻瞻吃西瓜，宝姐姐吃西瓜，软软吃西瓜，阿韦吃西瓜。”这诗的表现又立刻引起了七岁与九岁的孩子的散文的、数学的兴味：他们立刻把瞻瞻的诗句的意义归纳起来，报告其结果：“四个人吃四块西瓜。”

于是我就做了评判者，在自己心中批判他们的作品。我觉得三岁的阿韦的音乐的表现最为深刻而完全，最能全般表出他的欢喜的感情。五岁的瞻瞻把这欢喜的感情翻译为（他的）诗，已打了一个折扣；然尚带着节奏与旋律的分子，犹有活跃的生命流露着。至于软软与阿宝的散文的、数学的、概念的表现，比较起来更肤浅一层。然而看他们的态度，全部精神没入在吃西瓜的一事中，其明慧的心眼，比大人们所见的完全得多。天地间最健全的心眼，只是孩子们的所有物，世间事物的真相，只有孩子们能最明确、最完全地见到。我比起他们来，真的心眼已经被世智尘劳所蒙蔽，所斲丧，是一个可怜的残废者了。我实在不敢受他们“父亲”的称呼，倘然“父亲”是尊崇的。

我在平屋的南窗下暂设一张小桌子，上面按照一定的秩序而布置着稿纸、信箧、笔砚、墨水瓶、糨糊瓶、时表和茶盘等，不喜欢别人来任意移动，这是我独居时的惯癖。我——我们大人——平常的举止，总是谨慎，细心，端详，斯文。例如磨墨，放笔，倒茶等，都小心从事，故桌上的布置每日依然，不致破坏或扰乱。因为我的手足的筋觉已经由于屡受物理的教训而深深地养成一种谨惕的惯性了。然而孩子们一爬到我的案上，就捣乱我的秩序，破坏我的桌上的构图，毁损我的器物。他们拿起自来水笔来一挥，洒了一桌子又一衣襟的墨水点；又把笔尖蘸在糨糊瓶里。他们用劲拔开毛笔的铜笔套，手背撞翻茶壶，壶盖打碎在地板上……这在当时实在使我不耐烦，我不免哼喝他们，夺脱他们手里的东西，甚至批他们的小颊。然而我立刻后悔：哼喝之后立刻继之以笑，夺了之后立刻加倍奉还，批颊的手在中途软却，终于变批为抚。因为我立刻自悟其非：我要求孩子们的举止同我自己一样，何其乖谬！我——我们大人——的举止谨惕，是为了身体手足的筋觉已经受了种种现实的压迫而痉挛了的缘故。孩子们尚保有天赋的健全的身手与真朴活跃的元气，岂像我们的穷屈？揖让、进退、规行、矩步等大人们的礼貌，犹如刑具，都是戕贼这天赋的健全的身手的。于是活跃的人逐渐变成了手足麻痹、半身不遂的残废者。残废者要求健全者的举止同他自己一样，何其乖谬！

儿女对我的关系如何？我不曾预备到这世间来做父亲，故心中常是疑惑不明，又觉得非常奇怪。我与他们（现在）完全是异世界的人，他们比我聪明、健全得多；然而他们又是我所生的儿女。这是何等奇妙的关系！世人以膝下有儿女为幸福，希望以儿女永续其自我，我实在不解他们的心理。我以为世间人与人的关系，最自然最合理的莫如朋友。君臣、父子、昆弟、夫妇之情，在十分自然合理的时候都不外乎是一种广义的友谊。所以朋友之情，实在是一切人情的基础。“朋，同类也。”并育于大地上的人，都是同类的朋友，共为大自然的儿女。世间的人，忘却了他们的大父母，而只知有小父母，以为父母能生儿女，儿女为父母所生，故儿女可以永续父母的自我，而使之永存。于是无子者叹天道之无知，子不肖者自伤其天命，而狂进杯中之物，其实天道有何厚薄于其齐生并育的儿女！我真不解他们的心理。

近来我的心为四事所占据了：天上的神明与星辰，人间的艺术与儿童。这小燕子似的一群儿女，是在人世间与我因缘最深的儿童，他们在我心中占有与神明、星辰、艺术同等的地位。

给我的孩子们

我的孩子们！我憧憬于你们的生活，每天不止一次！我想委曲地说出来，使你们自己晓得。可惜到你们懂得我的话的意思的时候，你们将不复是可以使我憧憬的人了。这是何等可悲哀的事啊！

瞻瞻！你尤其可佩服。你是身心全部公开的真人。你什么事情都想拼命地用全副精力去对付。小小的失意，像花生米翻落地了，自己嚼了舌头了，小猫不肯吃糕了，你都要哭得嘴唇翻白，昏去一两分钟。外婆去普陀烧香买回来的泥人，你何等鞠躬尽瘁地抱它，喂它；有一天你自己失手把它打破了，你的号哭的悲哀，比大人们的破产、失恋、broken heart①、丧考妣、全军覆没的悲哀者哀得都要真切。两把芭蕉扇做的脚踏车，麻雀牌堆成的火车、汽车，你何等认真地看待，挺直了嗓子叫“汪——”“咕咕咕……”来代替汽笛。宝姐姐讲故事给你听，说到“月亮姐姐

① 意即伤心。

挂下一只篮来，宝姐姐坐在篮里吊了上去，瞻瞻在下面看”的时候，你何等激昂地同她争，说：“瞻瞻要上去，宝姐姐在下面看！”甚至哭到漫姑面前去求审判。我每次剃了头，你真心地疑我变了和尚，好几时不要我抱。最是今年夏天，你坐在我膝上发见了我腋下的长毛，当作黄鼠狼的时候，你何等伤心，你立刻从我身上爬下去，起初眼瞪瞪地对我端详，继而大失所望地号哭，看看，哭哭，如同对被判定了死罪的亲友一样。你要我抱你到车站里去，多多益善地要买香蕉，满满地擒了两手回来，回到门口时你已经熟睡在我的肩上，手里的香蕉不知落到哪里去了。这是何等可佩服的真率、自然与热情！大人间的所谓“沉默”“含蓄”“深刻”的美德，比起你来，全是不自然的、病的、伪的！

你们每天做火车、做汽车、办酒、请菩萨、堆六面画、唱歌，全是自动的，创造创作的生活。大人们的呼号“归自然！”“生活的艺术化！”“劳动的艺术化！”在你们面前真是出丑得很了！依样画几笔画，写几篇文的人称为艺术家、创作家，对你们更要愧死！你们的创作力，比大人真是强盛得多哩。瞻瞻！你的身体不及椅子的一半，却常常要搬动它，与它一同翻倒在地；你又要把一杯茶横转来藏在抽斗里，要皮球停在壁上，要拉住火车的尾巴，要月亮出来，要天停止下雨。在这等小小的事件中，明明表示着你们的弱小的体力与智力不足以应付强盛的创作欲、表现欲的驱使，因而遭逢失败。然而你们是不受大自然的支配，不受人类社会的束缚的创造者，所以你的遭逢失败，例如火车尾巴拉不住，月亮呼不出来的时候，你们决不承认是事实的不可能，总以为是爹爹妈妈不肯帮你们办到，同不许你们弄自鸣钟同例，所以愤愤地哭了，你们的世界何等广大！

你们一定想：终天无聊地伏在案上弄笔的爸爸，终天闷闷地坐在窗下弄引线的妈妈，是何等无气性的奇怪的动物！你们所视为奇怪动物的我与你们的母亲，有时确实难为了你们，摧残了你们，回想起来，真是不安心得很！

阿宝！有一晚你拿软软的新鞋子，和自己脚上脱下来的鞋子，给凳子的脚穿了，划袜立在地上，得意地叫“阿宝两只脚，凳子四只脚”的时候，你母亲喊着“龌龊了袜子！”立刻擒你到藤榻上，动手毁坏你的创作。当你蹲在榻上注视你母亲亲手毁坏的时候，你的小心里一定感到“母亲这种人，何等煞风景而野蛮”吧！

瞻瞻！有一天开明书店送了几册新出版的毛边的《音乐入门》来。我用小刀把书页一张一张地裁开来，你侧着头，站在桌边默默地看。后来我从学校回来，你已经在我的书架上拿了一本连史纸印的中国装的《楚辞》，把它裁破了十几页，得意地对我说：“爸爸！瞻瞻也会裁了！”瞻瞻！这在你原是何等成功的欢喜，何等得意的作品！却被我一个惊骇的“哼！”字喊得你哭了。那时候你也一定抱怨“爸爸何等不明”吧！

软软！你常常要弄我的长锋羊毫，我看见了总是无情地夺脱你。现在你一定轻视我，想道：“你终于要我画你的画集的封面！”

最不安心的，是有时我还要拉一个你们所最怕的陆露沙医生来，叫他用他的大手来摸你们的肚子，甚至用刀来在你们臂上割几下，还要叫妈妈和漫姑擒住了你们的手脚，捏住了你们的鼻子，把很苦的水灌到你们的嘴里去。这在你们一定认为是太惨无人道的野蛮举动吧！

孩子们！你们果真抱怨我，我便欢喜；到你们的抱怨变为感激的时候，我的悲哀来了！

我在世间，永没有逢到像你们这样出肺肝相示的人。世间的人群结合，永没有像你们样的彻底的真实而纯洁。是我到上海去干了无聊的所谓“事”回来，或者去同不相干的人们做了叫作“上课”的一种把戏回来，你们在门口或车站旁边等我的时候，我心中何等惭愧又欢喜。惭愧我为什么去做这等无聊的事，欢喜我又得暂时放怀一切地加入你们的真生活的团体。

但是，你们的黄金时代有限，现实终于要暴露的。这是我经验过来的情形，也是大人们谁都经验过的情形。我眼看见儿时的伴侣中的英雄、好汉，一个个退缩、顺从、妥协、屈服起来，到像绵羊的地步。我自己也是如此。“后之视今，亦犹今之视昔”，你们不久也要走这条路呢！

我的孩子们！憧憬于你们的生活的我，痴心要为你们永远挽留这黄金时代在这册子里。然这真不过像“蜘蛛网落花”，略微保留一点春的痕迹而已。且到你们懂得我这片心情的时候，你们早已不是这样的人，我的画在世间已无可印证了！这是何等可悲哀的事啊！

从孩子得到的启示[①]

晚上喝了三杯老酒，不想看书，也不想睡觉，捉一个四岁孩子华瞻来骑在膝上，同他寻开心。我随口问：

“你最喜欢什么事？”

他仰起头一想，率然地回答：

“逃难。”

我倒有点奇怪：“逃难”两字的意义，在他不会懂得，为什么偏偏选择它？倘然懂得，更不应该喜欢了。我就设法探问他：

“你晓得逃难就是什么？”

“就是爸爸、妈妈、宝姐姐、软软……娘姨，大家坐汽车，去看大轮船。”

啊！原来他的“逃难”的观念是这样的！他所见的“逃难”，是“逃难”的这一面！这真是最可喜欢的事！

一个月以前，上海还属孙传芳的时代，国民革命军将到上

---

① 本文为原文的第一部分。

海的消息日紧一日，素不看报的我，这时候也订一份《时事新报》，每天早晨看一遍。有一天，我正在看昨天的旧报，等候今天的新报的时候，忽然上海方面枪炮声响了，大家惊惶失色，立刻约了邻人，扶老携幼地逃到附近的妇孺救济会里去躲避。其实倘然此地果真进了战线，或到了败兵，妇孺救济会也是不能救济的。不过当时张皇失措，有人提议这办法，大家就假定它为安全地带，逃了进去。那里面地方很大，有花园、假山、小川、亭台、曲栏、长廊、花树、白鸽，孩子一进去，登临盘桓，快乐得如入新天地了。忽然兵车在墙外轰过，上海方面的机关枪声、炮声，愈响愈近，又愈密了。大家坐定之后，听听，想想，方才觉到这里也不是安全地带，当初不过是自骗罢了。有决断的人先出来雇汽车逃往租界。每走出一批人，留在里面的人增一次恐慌。我们集合邻人来商议，也决定出来雇汽车，逃到杨树浦的沪江大学。于是立刻把小孩子们从假山中、栏杆内捉出来，装进汽车里，飞奔杨树浦了。

所以决定逃到沪江大学者，因为一则有邻人与该校熟识，二则该校是外国人办的学校，较为安全可靠。枪炮声渐渐远弱，到听不见了的时候，我们的汽车已到沪江大学。他们安排一个房间给我们住，又为我们代办膳食。傍晚，我坐在校旁的黄浦江边的青草堤上，怅望云水遥忆故居的时候，许多小孩子采花、卧草，争看无数的帆船、轮船的驶行，又是快乐得如入新天地了。

次日，我同一邻人步行到故居来探听情形的时候，青天白日的旗子已经招展在晨风中，人人面有喜色，似乎从此庆承平了。我们就雇汽车去迎回避难的眷属，重开我们的窗户，恢复我们的生活。从此“逃难”两字就变成家人的谈话的资料。

这是“逃难”。这是多么惊慌、紧张而忧患的一种经历！然而人物一无损丧，只是一次虚惊。过后回想，这回好似全家的人突发地出门游览两天。我想假如我是预言者，晓得这是虚惊，我在逃难的时候将何等有趣！素来难得全家出游的机会，素来少有坐汽车、游览、参观的机会。那一天不论时，不论钱，浪漫地、豪爽地、痛快地举行这游历，实在是人生难得的快事！只有小孩子真果感得这快味！

他们逃难回来以后，常常拿香烟簏子来叠作栏杆、小桥、汽车、轮船、帆船；常常问我关于轮船、帆船的事；墙壁上及门上又常常有有色粉笔画的轮船、帆船、亭子、石桥的壁画出现。可见这“逃难”在他们脑中有难忘的欢乐的印象。所以今晚我无端地问华瞻最喜欢什么事，他立刻选定这“逃难”。原来他所见的，是“逃难”的这一面。

不止这一端：我们所打算、计较、争夺的洋钱，在他们看来个个是白银的浮雕的胸章；仆仆奔走的行人，血汗涔涔的劳动者，在他们看来个个是无目的地在游戏、在演剧；一切建设，一切现象，在他们看来都是大自然的点缀、装饰。

唉！我今晚受了这孩子的启示了：他能撤去世间事物的因果

关系的网，看见事物的本身的真相。他是创造者，能赋给生命于一切的事物。他们是“艺术”的国土的主人。唉，我要向他学习！

陋巷

杭州的小街道都称为巷。这名称是我们故乡所没有的。我幼时初到杭州，对于这“巷”字颇注意。我以前在书上读到颜子“居陋巷，一箪食，一瓢饮”的时候，常疑所谓“陋巷”，不知是甚样的去处。想来大约是一条坍圮、龌龊而狭小的弄，为灵气所钟而居了颜子的。我们故乡尽不乏坍圮、龌龊、狭小的弄，但都不能使我想象作陋巷。及到了杭州，看见了巷的名称，才在想象中确定颜子所居的地方，大约是这种巷里。每逢走过这种巷，我常怀疑那颓垣破壁的里面，也许隐居着今世的颜子。就中有一条巷，是我所认为陋巷的代表的。只要说起“陋巷”两字，我脑中会立刻浮出这巷的光景来。其实我只到过这陋巷里三次，不过这三次的印象都很清楚，现在都写得出来。

第一次我到这陋巷里，是将近二十年前的事。那时我只十七八岁，正在杭州的师范学校里读书。我的艺术科教师L先生[①]

① 指李叔同先生。

似乎嫌艺术的力道薄弱，过不来他的精神生活的瘾，把图画音乐的书籍用具送给我们，自己到山里去断了十七天食，回来又研究佛法，预备出家了。在出家前的某日，他带了我到这陋巷里去访问M先生[①]。我跟着L先生走进这陋巷中的一间老屋，就看见一位身材矮胖而满面须髯的中年男子从里面走出来迎接我们。我被介绍，向这位先生一鞠躬，就坐在一只椅子上听他们的谈话。我其实全然听不懂他们的话，只是片断地听到什么"楞严""圆觉"等名词，又有一个英语"philosophy"[②]出现在他们的谈话中。这英语是我当时新近记诵的，听到时怪有兴味。可是话的全体的意义我都不解。这一半是因为L先生打着天津白，M先生则叫工人倒茶的时候说纯粹的绍兴土白，面对我们谈话时也作北腔的方言，在我都不能完全通用。当时我想，你若肯把我当作倒茶的工人，我也许还能听得懂些。但这话不好对他说，我只得假装静听的样子坐着，其实我在那里偷看这位初见的M先生的状貌。他的头圆而大，脑部特别丰隆，假如身体不是这样矮胖，一定负载不起。他的眼不像L先生的眼地纤细，圆大而炯炯发光，上眼帘弯成一条坚致有力的弧线，切着下面的深黑的瞳子。他的须髯从左耳根缘着脸孔一直挂到右耳根，颜色与眼瞳一样深黑。我当时正热衷于木炭画，我觉得他的肖像宜用木炭描写，但那坚致有力的

---

① 指马一浮先生。

② 意即哲学。

眼线，是我的木炭所描不出的。我正在这样观察的时候，他的谈话中突然发出哈哈的笑声。我惊奇他的笑声响亮而愉快，同他的话声全然不接，好像是两个人的声音。他一面笑，一面用炯炯发光的眼黑顾视到我。我正在对他作绘画的及音乐的观察，全然没有知道可笑的理由，但因假装着静听的样子，不能漠然不动；又不好意思问他“你有什么好笑”而请他重说一遍，只得再假装领会的样子，强颜作笑。他们当然不会考问我领会到如何程度，但我自己问心，很是惭愧。我惭愧我的装腔作笑，又痛恨自己何以听不懂他们的话。他们的话愈谈愈长，M先生的笑声愈多愈响，同时我的愧恨也愈积愈深。从进来到辞去，一向做个怀着愧恨的傀儡，冤枉地被带到这陋巷中的老屋里来摆了几个钟头。

第二次我到这陋巷，在于前年，是做傀儡之后十六年的事了。这十六七年之间，我东奔西走地糊口于四方，多了妻室和一群子女，少了一个母亲；M先生则十余年如一日，长是孑然一身地隐居在这陋巷的老屋里。我第二次见他，是前年的清明日，我是代L先生送两块印石而去的。我看见陋巷照旧是我所想象的颜子的居处，那老屋也照旧古色苍然。M先生的音容和十余年前一样，坚致有力的眼帘，炯炯发光的黑瞳，和响亮而愉快的谈笑声。但是听这谈笑声的我，与前大异了。我对于他的话，方言不成问题，意思也完全懂得了。像上次做傀儡的苦痛，这回已经没有，可是另感到一种更深的苦痛：我那时初失母亲——从我孩提时兼了父职抚育我到成人，而我未曾有涓埃的报答的母亲。痛恨至极，心中充满了对于无常的悲愤和疑惑。自己没有解除这悲和疑的能力，便堕入了颓唐的状态。我只想跟着孩子们到山巅水滨去picnic[①]，以暂时忘却我的苦痛，而独怕听接触人生根本问题的话。我是明知故犯地堕落了。但我的堕落在我所处的社会环境中颇能隐藏。因为我每天还为了糊口而读几页书，写几小时的稿，长年除荤戒酒，不看戏，又不赌博，所有的嗜好只是每天吸半听美丽牌香烟，吃些糖果，买些玩具同孩子们弄弄。在我所处的社会环境中的人看来，这样的人非但不堕落，着实是有淘剩[②]的。但M先生的严肃的人生，显明地衬出了我的堕落。他和我谈起我所作而他所序的《护生画集》，勉励我；知道我抱着风木之悲，又为我解说无常，劝慰我。其实我不须听他的话，只要望见他的颜色，已觉羞愧得无地自容了。我心中似有一团“剪不断，理还乱”的丝，因为解不清楚，用纸包好了藏着。M先生的态度和说话，着力地在那里发开我这纸包来。我在他面前渐感局促不安，坐了约一小时就告辞。当他送我出门的时候，我感到与十余年前在这里做了几小时傀儡而解放出来时同样愉快的心情。我走出那陋巷，看见街角上停着一辆黄包车，便不问价钱，跨了上去。仰看天色晴明，决定先到采芝斋买些糖果，带了到六和塔去度送这

① 意即野餐。

② 淘剩，意即出息，是作者家乡方言。

清明日。但当我晚上拖了疲倦的肢体而回到旅馆的时候，想起上午所访问的主人，热烈地感到畏敬的亲爱。我准拟明天再去访他，把心中的纸包打开来给他看。但到了明朝，我的心又全被西湖的春色所占据了。

第三次我到这陋巷，是最近一星期前的事。这回是我自动去访问的。M先生照旧孑然一身地隐居在那陋巷的老屋里，两眼照旧描着坚致有力的线而炯炯发光，谈笑声照旧愉快。只是使我惊奇的，他的深黑的须髯已变成银灰色，渐近白色了。我心中浮出“白发不能容相国，也同闲客满头生”之句，同时又悔不早些常来亲近他，而自恨三年来的生活的堕落。现在我的母亲已死了三年多了，我的心似已屈服于“无常”，不复如前之悲愤，同时我的生活也就从颓唐中爬起来，想对“无常”作长期的抵抗了。我在古人诗词中读到“笙歌归院落，灯火下楼台”“六朝旧时明月，清夜满秦淮”“白头宫女在，闲坐说玄宗”等咏叹无常的文句，不肯放过，给它们翻译为画。以前曾寄两幅给M先生，近来想多集些文句来描画，预备作一册《无常画集》。我就把这点意思告诉他，并请他指教。他欣然地指示我许多可找这种题材的佛经和诗文集，又背诵了许多佳句给我听。最后他皤然地说道：“无常就是常。无常容易画，常不容易画。”我好久没有听见这样的话了，怪不得生活异常苦闷。他这话把我从无常的火宅中救出，使我感到无限的清凉。当时我想，我画了《无常画集》之后，要再画一册《常画集》。《常画集》不须请他作序，因为自始至终每页都是空白的。这一天我走出那陋巷，已是傍晚时候。岁暮的景象和雨雪充塞了道路。我独自在路上彷徨，回想前年不问价钱跨上黄包车那一回，又回想二十年前做了几小时傀儡而解放出来那一回，似觉身在梦中。

家

从南京的朋友家里回到南京的旅馆里，又从南京的旅馆里回到杭州的别寓里，又从杭州的别寓里回到石门湾的缘缘堂本宅里，每次起一种感想，逐记如下。

当在南京的朋友家里的时候，我很高兴。因为主人是我的老朋友。我们在少年时代曾经共数晨夕，后来为生活而劳燕分飞；虽然大家形骸老了些，心情冷了些，态度板了些，说话空了些，然而心底里的一点灵火大家还保存着，常在谈话之中互相露示，这使得我们的会晤异常亲热。加之主人的物质生活程度的高低同我的相仿，家庭设备也同我的相类似。我平日所需要的：一毛大洋[1]一两的茶叶，听头的大美丽香烟，有人供给开水的热水壶，随手可取的牙签，适体的藤椅，光度恰好的小窗，他家里都有，使我坐在他的书房里感觉同坐在自己的书房里相似。加之他的夫

---

① 当时角币有大洋小洋之分；一毛大洋合三十个铜板，一毛小洋合二十五个铜板。

人善于招待，对于客人表示真诚的殷勤，而绝无优待的虐待。优待的虐待，是我在做客中常常受到而顶顶可怕的。例如拿了不到半寸长的火柴来为我点香烟，弄得大家仓皇失措，我的胡须几被烧去；把我所不欢喜吃的菜蔬堆在我的饭碗上，使我无法下箸；强夺我的饭碗去添饭，使我吃得停食；藏过我的行囊，使我不得告辞。这种招待，即使出于诚意，在我认为也是逐客令，统称之为优待的虐待。这回我所住的人家的夫人，全无此种恶习；但把不缺乏的香烟自来火放在你能自由取得的地方而并不用自来火烧你的胡须；但把精致的菜蔬摆在你能自由挟取的地方，饭桶摆在你能自由添取的地方，而并不勉强你吃；但在你告辞的时光表示诚意的挽留，而并不监禁。这在我认为是最诚意的优待。这使得我非常高兴。英语称勿客气曰：at home[①]。我在这主人家里做客，真同at home一样，所以非常高兴。

然而这究竟不是我的home，饭后谈了一会儿，我惦记起我的旅馆来。我在旅馆，可以自由行住坐卧，可以自由差使我的茶房，可以凭法币之力而自由满足我的要求。比较起受主人家款待的做客生活来，究竟更为自由。我在旅馆要住四五天，比较起一饭就告别的做客生活来，究竟更为永久。因此，主人的书房的屋里虽然布置妥帖，主人的招待虽然殷勤周至，但在我总觉得不安

① 原意是"在自己家里"，转意是"像在家里一样""无所拘束""舒适自在"。

心。所谓“凉亭[①]虽好，不是久居之所”。饭后谈了一会儿，我就告别回家。这所谓“家”，就是我的旅馆。

当我从朋友家回到了旅馆里的时候，觉得很适意。因为这旅馆在各点上都是称我心的。第一，它的价钱还便宜，没有大规模的笨相，像形式丑恶而不适坐卧的红木椅，花样难看而火气十足的铜床，工本浩大而不合实用、不堪入目的工艺品，我统称之为大规模的笨相。造出这种笨相来的人，头脑和眼光很短小，而法币很多。像暴发的富翁，无知的巨商，升官发财的军阀，即是其例。要看这种笨相，可以访问他们的家。我的旅馆价格既便宜，其设备当然不丰。即使也有笨相——像家具形式的丑恶，房间布置的不妥，壁上装饰的唐突，茶壶茶杯的不可爱——都是小规模的笨相，比较起大规模的笨相来，犹似五十步比百步，终究差好些，至少不使人感觉暴殄天物，冤哉枉也。第二，我的茶房很老实，我到旅馆时不给我脱外衣，我洗面时不给我绞手巾，我吸香烟时不给我擦自来火，我叫他做事时不喊“是——是——”，这使我觉得很自由，起居生活同在家里相差不多。因为我家里也有这么老实的一位男工，我就不妨把茶房当作自己的工人。第三，住在旅馆里没有人招待，一切行动都随我意。出门不必对人鞠躬说“再会”，归来也没有人同我寒暄。早晨起来不必向人道“早

① 凉亭应作“梁园”，汉梁孝王刘武所建，为当时游赏、宴客的胜地。《水浒传》中有“梁园虽好，不是久恋之家”的说法。

安”，晚上就寝的迟早也不受别人的牵累。在朋友家做客，虽然也很安乐，总不及住旅馆的自由：看见他家里的人，总得想出几句话来说说，不好不去睬他。脸孔上即使不必硬作笑容，也总要装得和悦一点，不好对他们板脸孔。板脸孔，好像是一种凶相，但我觉得是最自在最舒服的一种表情。我自己觉得，平日独自闭居在家里的房间里读书、写作的时候，脸孔的表情总是严肃的，极难得有独笑或独乐的时光。若拿这种独居时的表情移用在交际应酬的座上，别人一定当我有所不快，在板脸孔。据我推想，这一定不止我一人如此。最漂亮的交际家，巧言令色之徒，回到自己家里，或房间里，甚或眠床上，也许要用双手揉一揉脸孔，恢复颜面上的表情筋肉的疲劳，然后板着脸孔皱着眉头回想日间的事，考虑明日的战略。可知，无论何人，交际应酬中的脸孔多少总有些不自然，其表情筋肉多少总有些儿吃力。最自然、最舒服的，只有板着脸孔独居的时候。所以，我在孤癖发作的时候，觉得住旅馆比在朋友家做客更自在而舒服。

然而，旅馆究竟不是我的家，住了几天，我惦记起我杭州的别寓来。

在那里有我自己的器用什物，有我自己的书籍文具，还有我自己雇请着的工人。比较起借用旅馆的器物，对付旅馆的茶房来，究竟更为自由；比较起小住四五天就离去的旅馆生活来，究竟更为永久。因此，我睡在旅馆的眠床上似觉有些浮动；坐在旅馆的椅子上似觉有些不稳；用旅馆的毛巾似觉有些隔膜。虽然这房间的主权完全属于我，我的心底里总有些儿不安。住了四五天，我就算账回家。这所谓家，就是我的别寓。

当我从南京的旅馆回到了杭州的别寓里的时候，觉得很自在。我年来在故乡的家里蛰居太久，环境看得厌了，趣味枯乏，心情郁结。就到离家乡还近而花样较多的杭州来暂做一下寓公，借此改换环境，调节趣味。趣味，在我是生活上一种重要的养料，其重要几近于面包。别人都在为了获得面包而牺牲趣味，或者为了堆积法币而抑制趣味。我现在幸而没有走上这两种行径，还可省下半只面包来换得一点趣味。

因此，这寓所犹似我的第二的家。在这里没有做客时的拘束，也没有住旅馆时的不安心。我可以吩咐我的工人做点我所喜欢的家常素菜，夜饭时同放学归来的一子一女共吃。我可以叫我的工人相帮我，把房间的布置改过一下，新一新气象。饭后睡前，我可以开一开蓄音机（唱机），听听新买来的几张蓄音片（唱片）。窗前灯下，我可以在自己的书桌上读我所爱读的书，写我所愿写的稿。月底虽然也要付房钱，但价目远不似旅馆这么贵，买卖也远不及旅馆这么明显。虽然也可以合算每天房钱几角几分。但因每月一付，相隔时间太长，住房子同付房钱就好像不相关联的两件事，或者房钱仿佛白付，而房子仿佛白住。因有此种种情形，我从旅馆回到寓中觉得非常自然。

然而，寓所究竟不是我的本宅。每逢起了倦游的心情的时候，我便惦记起故乡的缘缘堂来。在那里有我故乡的环境，有我关切的亲友，有我自己的房子，有我自己的书斋，有我手种的芭蕉、樱桃和葡萄。比较起租别人的房子，使用简单的器具来，究竟更为自由；比较起暂作借住，随时可以解租的寓公生活来，究竟更为永久。我在寓中每逢要在房屋上略加装修，就觉得要考虑；每逢要在庭中种些植物，也觉得不安心，因而思念起故乡的家来。牺牲这些装修和植物，倒还在其次；能否长久享用这些设备，却是我所顾虑的。我睡在寓中的床上虽然没有感觉像旅馆里那样浮动，坐在寓中的椅上虽然没有感觉像旅馆里那样不稳，但觉得这些家具在寓中只是摆在地板上的，没有像家里的东西那样固定得同生根一般。这种倦游的心情强盛起来，我就离寓返家。这所谓家，才是我的本宅。

当我从别寓回到了本宅的时候，觉得很安心。主人回来了，芭蕉鞠躬，樱桃点头，葡萄棚上特地飘下几张叶子来表示欢迎。两个小儿女跑来牵我的衣，老仆忙着打扫房间。老妻忙着烧素菜，故乡的臭豆腐干，故乡的冬菜，故乡的红米饭。窗外有故乡的天空，门外有打着石门湾土白的行人，这些行人差不多个个是认识的。还有各种负贩的叫卖声，这些叫卖声在我统统是稔熟的。我仿佛从飘摇的舟中登上了陆，如今脚踏实地了。这里是我的最自由，最永久的本宅，我的归宿之处，我的家。我从寓中回到家中，觉得非常安心。

但到了夜深人静，我躺在床上回味上述的种种感想的时候，又不安心起来。我觉得这里仍不是我的真的本宅，仍不是我的真的归宿之处，仍不是我的真的家。四大的暂时结合而形成我这身体，无始以来种种因缘相凑合而使我诞生在这地方。是偶然的呢，还是非偶然的？若是偶然的，我又何恋恋于这虚幻的身和地？若是非偶然的，谁是造物主呢？我须得寻着了他，向他那里去找求我的真的本宅，真的归宿之处，真的家。这样一想，我现在是负着四大暂时结合的躯壳，而在无始以来种种因缘凑合而成的地方暂住，我是无“家”可归的。既然无“家”可归，就不妨到处为“家”。上述的屡次的不安心，都是我的妄念所生。想到那里，我很安心地睡着了。

车厢社会

我第一次乘火车，是在十六七岁时，即距今二十余年前。虽然火车在其前早已通行，但吾乡离车站有三十里之遥，平时我但闻其名，却没有机会去看火车或乘火车。十六七岁时，我毕业于本乡小学，到杭州去投考中等学校，方才第一次看到又乘到火车。以前听人说："火车厉害得很，走在铁路上的人，一不小心，身体就被碾作两段。"又听人说："火车快得邪气[①]，坐在车中，望见窗外的电线木如同栅栏一样。"我听了这些话而想象火车，以为这大概是炮弹流星似的凶猛唐突的东西，觉得可怕。但后来看到了，乘到了，原来不过尔尔。天下事往往如此。

自从这一回乘了火车之后，二十余年中，我对火车不断地发生关系。至少每年乘三四次，有时每月乘三四次，至多每日乘三四次。（不过这是从江湾到上海的小火车。）一直到现在，乘火车的次数已经不可胜计了。每乘一次火车，总有种种感想。倘

① 意即快得很，非常快。

得每次下车后就把乘车时的感想记录出来，记到现在恐怕不止数百万言，可以出一大部乘火车全集了。然而我哪有工夫和能力来记录这种感想呢？只是回想过去乘火车时的心境，觉得可分三个时期，现在记录出来，半为自娱，半为世间有乘火车的经验的读者谈谈，不知他们在火车中是否作如是想的？

第一个时期，是初乘火车的时期。那时候乘火车这件事在我觉得非常新奇而有趣。自己的身体被装在一个大木箱中，而用机械拖了这大木箱狂奔，这种经验是我向来所没有的，怎不教我感到新奇而有趣呢？那时我买了车票，热烈地盼望车子快到。上了车，总要拣个靠窗的好位置坐。因此可以眺望窗外旋转不息的远景，瞬息万变的近景，和大大小小的车站。一年四季住在看惯了的屋中，一旦看到这广大而变化无穷的世间，觉得兴味无穷。我巴不得乘火车的时间延长，常常嫌它到得太快。下车时觉得可惜。我喜欢乘长途火车，可以长久享乐。最好是乘慢车，在车中的时间最长，而且各站都停，可以让我尽情观赏。我看见同车的旅客个个同我一样地愉快，仿佛个个是无目的地在那里享乐乘火车的新生活的。我看见各车站都美丽，仿佛个个是桃源仙境的入口。其中汗流满背地扛行李的人，喘息狂奔地赶火车的人，急急忙忙地背着箱笼下车的人，拿着红绿旗子指挥开车的人，在我看来仿佛都干着有兴味的游戏，或者在那里演剧。世间真是一大欢乐场，乘火车真是一件愉快不过的乐事！可惜这时期很短促，不久乐事就变为苦事。

第二个时期，是老乘火车的时期。一切都看厌了，乘火车在我就变成了一桩讨厌的事。以前买了车票热烈地盼望车子快到。现在也盼望车子快到，但不是热烈地而是焦灼地。意思是要它快些来载我赴目的地。以前上车总要拣个靠窗的好位置，现在不拘，但求有的坐。以前在车中不绝地观赏窗内窗外的人物景色，现在都不要看了，一上车就拿出一册书来，不顾环境的动静，只管埋头在书中，直到目的地的到达。为的是老乘火车，一切都已见惯，觉得这些千篇一律的状态没有什么看头。不如利用这冗长无聊的时间来用些功。但并非欢喜用功，而是无可奈何似的用功。每当看书疲倦起来，就埋怨火车行得太慢，看了许多书才走得两站！这时候似觉一切乘车的人都同我一样，大家焦灼地坐在车厢中等候到达。看到凭在车窗上指点谈笑的小孩子，我鄙视他们，觉得这班初出茅庐的人少见多怪，其浅薄可笑。有时窗外有飞机驶过，同车的人大家立起来观望，我也不屑从众，回头一看立刻埋头在书中。总之，那时我在形式上乘火车，而在精神上仿佛遗世独立，依旧笼闭在自己的书斋中。那时候我觉得世间一切枯燥无味，无可享乐，只有沉闷，疲倦，和苦痛，正同乘火车一样。这时期相当地延长，直到我深入中年时候而截止。

第三个时期，可说是惯乘火车的时期。乘得太多了，讨嫌不得许多，还是逆来顺受吧。心境一变，以前看厌了的东西也会重新有起意义来，仿佛“温故而知新”似的。最初乘火车是乐事，后来变成苦事，最后又变成乐事，仿佛“返老还童”似的。最初乘火车欢喜看景物，后来埋头看书，最后又不看书而欢喜看景物了。不过这回的欢喜与最初的欢喜性状不同：前者所见都是可喜的，后者所见却大多数是可惊的，可笑的，可悲的。不过在可惊可笑可悲的发见上，感到一种比埋头看书更多的兴味而已。故前者的欢喜是真的“欢喜”，若译英语可用happy或merry。后者却只是like或fond of[①]，不是真心的欢乐。实际，这原是比较而来的：因为看书实在没有许多好书可以使我集中兴味而忘却乘火车的沉闷。而这车厢社会里的种种人间相倒是一部活的好书，会时时向我展出新颖的page[②]来。惯乘火车的人，大概对我这话多少有些儿同感的吧！

不说车厢社会里的琐碎的事，但看各人的座位，已够使人惊叹了。同是买一张票的，有的人老实不客气地躺着，一人占有了五六个人的位置。看见找寻座位的人来了，把头向着里，故作鼾声，或者装作病人，或者举手指点那边，对他们说：“前面很空，前面很空。”和平谦虚的乡下人大概会听信他的话，让他安睡，背着行李向他所指点的前面去另找“很空”的位置。有的人教行李分占了自己左右的两个位置，当作自己的卫队。若是方皮箱，又可当作自己的茶几。看见找座位的人来了，拼命埋头看报。对方倘不客气地向他提出：“对不起，先生，请你的箱子放

① happy 或 merry 是指心情的愉快、欢乐；like 或 fond of 则是指喜爱。
② 意即书页。

在上面了，大家坐坐！”他会指着远处打官话拒绝他：“那边也好坐，你为什么一定要坐在这里？”说过管自看报了。和平谦虚的乡下人大概不再请求，让他坐在行李的护卫中看报，抱着孩子向他指点的那边去另找“好坐”的地方了。有的人没有行李，把身子扭转来，教一个屁股和一条大腿占据了两个人的座位，而悠闲地凭在窗中吸烟。他把大乌龟壳似的一个背部向着他的右邻，而用一支横置的左大腿来拒远他的左邻[①]。这大腿上面的空间完全归他所有，可在其中从容地抽烟，看报。逢到找寻座位的人来了，把报纸堆在大腿上，把头钻出窗外，只作不闻不见。还有一种人，不取大腿的策略，而用一册书和一个帽子放在自己身旁的座位上。找座位的人倘来请他拿开，就回答他说“这里有人”。和平谦虚的乡下人大概会听信他，留这空位给他那“人”坐，扶着老人向别处去另找座位了。找不到座位时，他们就把行李放在门口，自己坐在行李上，或者抱了小孩，扶了老人站在W.C.[②]的门口。查票的来了，不干涉躺着的人，以及用大腿或帽子占座位的人，却埋怨坐在行李上的人和抱了小孩扶了老人站在W.C.门口的人阻碍了走路，把他们骂脱几声。

我看到这种车厢社会里的状态，觉得可惊，又觉得可笑，可

---

① 当时火车车厢的座位是直排的，即两旁靠窗各一长排，中间背靠背两长排。

② 英语 water closet 的缩写，意即厕所。

悲。可惊者，大家出同样的钱，购同样的票，明明是一律平等的乘客，为什么会演出这般不平等的状态？可笑者，那些强占座位的人，不惜装腔，撒谎，以图一己的苟安，而后来终得舍去他的好位置。可悲者，在这乘火车的期间，苦了那些和平谦虚的乘客，他们始终只得坐在门口的行李上，或者抱了小孩，扶了老人站在W.C.的门口，还要被查票者骂脱几声。

在车厢社会里，但看座位这一点，已足使我惊叹了。何况其他种种的花样。总之，凡人间社会里所有的现状，在车厢社会中都有其缩图。故我们乘火车不必看书，但把车厢看作人间世的模型，足够消遣了。

回想自己乘火车的三时期的心境，也觉得可惊，可笑，又可悲。可惊者，从初乘火车经过老乘火车，而至于惯乘火车，时序的递变太快！可笑者，乘火车原来也是一件平常的事。幼时认为“电线木同栅栏一样”，车站同桃源一样，固然可笑，后来那样地厌恶它而埋头于书中，也一样地可笑。可悲者，我对于乘火车不复感到昔日的欢喜，而以观察车厢社会里的怪状为消遣，实在不是我所愿为之事。

于是我憧憬于过去在外国时所乘的火车。记得那车厢中很有秩序，全无现今所见的怪状。那时我们在车厢中不解众苦，只觉旅行之乐。但这原是过去已久的事，在现今的世间恐怕不会再见这种车厢社会了。前天同一位朋友从火车下来，出车站后他对我说了几句新诗似的东西，我记忆着。现在抄在这里当作结尾：

人生好比乘车：
有的早上早下，
有的迟上迟下，
有的早上迟下，
有的迟上早下。
上了车纷争座位，
下了车各自回家。

在车厢中留心保管你的车票，
下车时把车票原物还他。

东京某晚的事

我在东京某晚遇见一件很小的事，然而这件事我永远不能忘记，并且常常使我憧憬。

有一个夏夜，初黄昏时分，我们同住在一个“下宿”[①]里的四五个中国人相约到神保町去散步。东京的夏夜很凉快，大家带着愉快的心情出门，穿和服的几个人更是风袂飘飘，徜徉徘徊，态度十分安闲。

一面闲谈，一面踱步，踱到十字路口的时候，忽然横路里转出一个伛偻的老太婆来。她两手搬着一块大东西，大概是铺在地上的席子，或者是纸窗的架子吧，鞠躬似的转出大路来。她和我们同走一条大路，因为走得慢，跟在我们后面。

我走在最先。忽然听得后面响起了一种与我们的闲谈调子不同的日本语声音，意思却听不清楚。我回头看时，原来是老太婆在向我们队里的最后的某君讲什么话。我只看见某君对那老太婆

① 日文，意即“旅馆”。

一看，立即回转头来，露出一颗闪亮的金牙齿，一面摇头，一面笑着说：

“Iyada，iyada！”（不高兴，不高兴！）

似乎趋避后面的什么东西，大家向前挤挨一阵，走在最先的我被他们一推，跨了几脚紧步。不久，似乎已经到了安全地带，大家稍稍恢复原来的速度的时候，我方才探问刚才所发生的事情。

原来这老太婆对某君说话，是因为她搬那块大东西搬得很吃力，想我们中间哪一个帮她搬一会儿。她的话是：

“你们哪一位替我搬一搬，好不好？”

某君大概是因为带了轻松愉快的心情出来散步，实在不愿意替她搬运重物，所以回报她两个“不高兴”。然而说过之后，在她近旁徜徉，看她吃苦，心里大概又觉得过意不去，所以趋避似的快跑几步，务使吃苦的人不在自己眼睛面前。我探问情由的时候，我们已经离开那老太婆十来丈路，颜面已经看不清楚，声音也已听不到了。然而大家的脚步还是有些紧，不像初出门时那么从容安闲。虽然不说话，但各人一致的脚步，分明表示大家都有这样的感觉。

我每次回想起这件事，总觉得很有意味。我从来不曾从素不相识的路人那里受到这样唐突的请求。那老太婆的话，似乎应该用在家庭里或学校里，绝不是在路上可以听到的。这是关系深切而亲爱的小团体中的人们之间所有的话，不适用于“社会”或

“世界”的大团体中的所谓“陌路人”之间。这老太婆误把陌路当作家庭了。

这老太婆原是悖事的，唐突的。然而我却在想象：假如真能像这老太婆所希望，有这样的一个世界：天下如一家，人们如家族，互相亲爱，互相帮助，共乐其生活，那时陌路就变成家庭，这老太婆就并不悖事，并不唐突了。这是多么可憧憬的世界！

还我缘缘堂

二月九日天阴，居萍乡暇鸭塘萧祠已经二十多天了，这里四面是田，田外是山，人迹少到，静寂如太古。加之二十多天以来，天天阴雨，房间里四壁空虚，行物萧条，与儿相对枯坐，不啻囚徒。次女林先性最爱美，关心衣饰，闲坐时举起破碎的棉衣袖来给我看。说道："爸爸，我的棉袍破得这么样了！我想换一件骆驼绒袍子。可是它在东战场的家里——缘缘堂楼上的朝外橱里——不知什么时候可以去拿得来。我们真苦，每人只有身上的一套衣裳！可恶的日本鬼子！"我被她引起很深的同情，心中一番惆怅，继之以一番愤懑。她昨夜睡在我对面的床上，梦中笑了醒来。我问她有什么欢喜。她说她梦中回缘缘堂，看见堂中一切如旧，小皮箱里的明星照片一张也不少，欢喜之余，不觉笑了醒来，今天晨间我代她作了一首感伤的小诗：

儿家住近古钱塘，也有朱栏映粉墙。

三五良宵团聚乐，春秋佳日嬉游忙。

清平未识流离苦，生小偏遭破国殃。

昨夜客窗春梦好，不知身在水萍乡。

平生不曾作过诗，而且近来心中只有愤懑而没有感伤。这首诗是偶被环境逼出来的。我嫌恶此调，但来了也听其自然。

邻家的洪恩要我写对。借了一支破大笔来。拿着笔，我便想起我家里的一抽斗湖笔，和写对专用的桌子。写好对，我本能伸手向后面的茶几上去取大印子，岂知后面并无茶几，更无印子，但见萧家祠堂前的许多木主，蒙着灰尘站立在神祠里，我心中又起一阵愤懑。

晚快章桂从萍乡城里拿邮信回来，递给我一张明信片，严肃地说："新房子烧掉了！"我看那明信片是二月四日上海裘梦痕[①]寄发的。信片上有一段说"一月初上海新闻报载石门湾缘缘堂已全部焚毁，不知尊处已得悉否"；下面又说："近来报纸上常有误载，故此消息是否确凿不得而知。"此信传到，全家十人和三个同逃难来的亲戚，齐集在一个房间里聚讼起来，有的可惜橱里的许多衣服，有的可惜堂上新置的桌凳。一个女孩子说：大风琴和打字机最舍不得。一个男孩子说：秋千架和新买的金鸡牌脚踏车最肉痛。我妻独挂念她房中的一箱垫[②]锡器和一箱垫瓷

① 系作者在立达学园执教时的同事（音乐教师）。

② 即搁箱子的柜子。

器。她说：早知如此，悔不预先在秋千架旁的空地上掘一个地洞埋藏了，将来还可去发掘。正在惋惜，丙潮从旁劝慰道：“信片上写着‘是否确凿不得而知’，那么不见得一定烧掉的。”大约他看见我默默不语，猜度我正在伤心，所以这两句照着我说。我听了却在心中苦笑。他的好意我是感谢的。但他的猜度却完全错误了。我离家后一日在途中闻知石门湾失守，早把缘缘堂置之度外，随后陆续听到这地方四得四失，便想象它已变成一片焦土，正怀念着许多亲戚朋友的安危存亡，更无余暇去怜惜自己的房屋了。况且，沿途看报某处阵亡数千人，某处被敌虐杀数百人，像我们全家逃出战区，比较起他们来已是万幸，身外之物又何足惜！我虽老弱，但只要不转乎沟壑，还可凭五寸不烂之笔来对抗暴敌，我的前途尚有希望，我决不为房屋被焚而伤心，不但如此，房屋被焚了，在我反觉轻快，此犹破釜沉舟，断绝后路，才能一心向前，勇猛精进。丙潮以空言相慰，我感谢之余，略觉嫌恶。

然而黄昏酒醒，灯孤人静，我躺在床上时，也不免想起石门湾的缘缘堂来。此堂成于中华民国二十二年（1933），距今尚未满六岁。形式朴素，不事雕斫而高大轩敞。正南向三开间，中央铺方大砖，供养弘一法师所书《大智度论·十喻赞》，西室铺地板为书房，陈列书籍数千卷。东室为饮食间，内通平屋三间为厨房、贮藏室及工友的居室。前楼正寝为我与两儿女的卧室，亦有书数千卷，西间为佛堂，四壁皆经书，东间及后楼皆家人卧室。

五年以来，我已同这房屋十分稔熟。现在只要一闭眼睛，便又历历地看见各个房间中的陈设，连某书架中第几层第几本是什么书都看得见，连某抽斗（儿女们曾统计过，我家共有一百二十五只抽斗）中藏着什么东西都记得清楚。现在这所房屋已经付之一炬，从此与我永诀了！

我曾和我的父亲永诀，曾和我的母亲永诀，也曾和我的姐弟及亲戚朋友们永诀，如今和房子永诀，实在值不得感伤悲哀。故当晚我躺在床里所想的不是和房子永诀的悲哀，却是毁屋的火的来源。吾乡于中华民国二十六年（1937）十一月六日，吃敌人炸弹十二枚，当场死三十二人，毁房屋数间。我家幸未死人，我屋幸未被毁。后于十一月二十三日失守，失而复得，得而复失，失而复得，得而复失……以至四进四出，那么焚毁我屋的火的来源不定；是暴敌侵略的炮火呢，还是我军抗战的炮火呢？现在我不得而知，但也不外乎这两个来源。

于是我的思想达到了一个结论：缘缘堂已被毁了。倘是我军抗战的炮火所毁，我很甘心！堂倘有知，一定也很甘心，料想它被毁时必然毫无恐怖之色和凄惨之声，应是蓦地参天，蓦地成空，让我神圣的抗战军安然通过，向前反攻的。倘是暴敌侵略的炮火所毁，那我很不甘心，堂倘有知，一定更不甘心。料想它被焚时，一定发出喑呜叱咤之声："我这里是圣迹所在，麟凤所居。尔等狗彘豺狼胆敢肆行焚毁！亵渎之罪，不容于诛！应着尔等赶速重建，还我旧观，再来伏法！"

无论是我军抗战的炮火所毁，或是暴敌侵略的炮火所毁，在最后胜利之日，我定要日本还我缘缘堂来！东战场，西战场，北战场，无数同胞因暴敌侵略所受的损失，大家先估计一下，将来我们一起同他算账！

叁……

生活悠然，恬淡快活

山水间的生活，因为需要不便而菜根更香，豆腐更肥。
因为寂寥而邻人更亲。

闲

“闲”在过去时代是一个可爱的字眼；在现代变成了一个可恶的字眼。例如失业者的“赋闲”，不劳而食者的“有闲”，都被视为现代社会的病态。有闲被视为奢侈的、颓废的。但也有非奢侈、非颓废的有闲阶级，如儿童便是。

儿童，尤其是十岁以前的儿童，不论贫富，大都是有闲阶级者。他们不必自己谋生，自有大人供养他们。在入学、进店、看牛或捉草[①]以前，除了忙睡觉，忙吃食以外，他们所有的都是闲工夫。到了入学、进店、看牛或捉草的时候，虽然名为读书、学商或做工，其实工作极少而闲暇极多。试看幼稚园、小学校中的儿童，一日中埋头用功的时间有几何？试看商店的学徒，一日中忙着生意的时间有几何？试看田野中的牧童，一日中为牛羊而劳苦工作的时间有几何？除了读几遍书，做几件事，牵两次牛，捉几根草以外，他们在学校中、店铺里、田野间，都只是闲玩而已。

---

① 作者家乡话，意即割草。

在饱尝了尘世的辛苦的中年以上的人，“闲”是最可盼的乐事。假如盼得到，即使要他们终生高卧空山上，或者独坐幽篁里，他们也极愿意。在有福的痴人，“闲”也是最可盼的乐事。假如盼得到，即使要他们吃饭便睡，睡醒便吃，终生同猪猡一样，在他们正是得其所哉。但在儿童，“闲”是一件最苦痛的事。因为“闲”就是“没事”，没事便静止，静止便没有兴味。而儿童是兴味最旺盛的一种人。

在长途的火车中，可以看见儿童与成人的态度的大异。成人大都安定地忍耐地坐着，静候目的地的到达，儿童便不肯安定，不能忍耐。他们不绝地要向窗外探望，要买东西吃；看厌吃饱之后，要嚷“为什么还不到”，甚至哭着喊“我要回家去了”，于是领着他们的成人便骂他们、打他们。讲老实话，成人们何尝欢喜坐长途火车？他们的感情中或许也在嚷着“为什么还不到”，也在哭着喊“我要回家去了”，只因重重的世智包裹着他们的感情，使这感情无从爆发出来。这仿佛一瓶未开盖的汽水，看似静静的、安定的，其实装着满肚皮的气，无从发泄！感情的长久的抑制，渐渐使成人失却热烈的兴味，变成“颓废”的状态。成人和儿童比较起来，个个多少是“颓废”的。

只有颓废者盼羡着“闲”；不颓废的人——儿童——见了“闲”都害怕。他们称这心情为“没心相”[①]。在兴味最旺盛的

---

① 作者家乡话，意即无聊。

儿童，“没心相”似乎比“没饭吃”更加苦痛。为了“没心相”而啼哭，为了“没心相”而做种种的恶戏；因了啼哭和恶戏而受大人的骂和打，是儿童生活上常见的事。他们为欲避免“没心相”，不绝地活动，除了睡眠及生病以外，孩子们极少有持续静止至半小时以上者。假如把一个不绝地追求生活兴味的活泼的孩子用绳子绑缚了，关闭在牢屋里，我想这孩子在“饿”死以前一定先已“没心相”死了。假如强迫这种孩子学习因是子静坐法，所得的效果一定相反。在儿童们看来，静坐法和禅定等，是成人们的自作之刑。而在许多成人看来，各种辛苦的游戏也是儿童们的犯贱的行为。有的老人躺在安乐椅中观看孩子们辛辛苦苦地奔走叫喊而游戏，会讥笑似的对他们说：“看你们何苦！静静儿坐一下子有什么不好？”倘有孩子在游戏中跌痛了，受伤了，这种老人便振振有词：“教你覅，你板要，难（现在）你好！”[①]其实儿童并不因此而懊悔游戏，同成人事业磨折并不懊悔做事业一样。儿童与成人分居着两个世界，而两方互相不理解的状态，到处可见。

儿童的游戏，犹之成人的事业。现世的成人与儿童，大家多苦痛：许多的成人为了失业而苦痛，许多的儿童为了游戏不满足而苦痛。住在都会里的孩子可以享用儿童公园；有钱人家的孩子

① 这是作者家乡的俗话。覅（fiào），不要（错过某事、某人）；板要，一定要。

可以购买种种的玩具。但这些是少数的幸运的孩子。多数的住在乡村里的穷人家的孩子，都有游戏不满足的苦痛。他们的保护人要供给他们衣食，非常吃力；能养活他们几条小性命，已是尽责了。讲到玩具、游戏设备，在现今的乡村间真是过分的奢求了。孩子们像猪猡一般地被豢养在看惯的破屋里。大人们每天喂了他们三顿之外，什么都不管。春天、夏天，白昼特别长；儿童的百无聊赖的生活状态，看了真是可怜。无衣无食的苦是有形的，人皆知道其可怜；“没心相”的苦是无形的，没人知道，因此更觉可怜。人的生活，饱食暖衣而无事，远不如为衣为食而奔走的有兴味。人的生活大半是由兴味维持的；儿童的生活则完全以兴味为原动力。热衷于赌博的成人，输了还是要赌。热衷于游戏的儿童，常常忘餐废寝。于此可见人类对于兴味的要求，有时比衣食更加热烈。

在种种简单的游戏法中，更可窥见人对于“闲”何等不耐，对于“兴味”何等渴慕。这种游戏法，大都不需设备，只要一只手一张嘴，随时随地都可开始游戏，而游戏的兴味并不简单。这显然是人为了兴味的要求，而费了许多苦心发明出来的。就吾乡所见，最普通的游戏是猜拳。只要一举手便可游戏，而且其游戏颇有兴味。这本来是侑酒的一种方法，但近来风行愈广，已变成一种赌博，或一种消闲游戏。工人们休息的时候，各人袋里摸出几个铜板来摆在地上，便在其上面开始拇战，胜的拿进铜板。年纪稍长的儿童们也会弄这玩意：他们摘三根草放在地上，便开始猜拳。赢一拳拿进一根，输一拳吐出一根。到了三根草归入了一人手中，这人得胜，便可拉过对方的手来打他十记手心。用自己的手来打别人的手，两人大家有些儿痛；但伴着兴味，痛也情愿了。

年幼的儿童也有一种猜拳的游戏法，叫作“呱呱啄蛀虫”。这方法更加简单，只要每人拿一根指头来一比，便见胜负。例如一人出大指，一人出食指。这局面叫作“老土地杀呱呱（即鸡）吃”。因为大指是代表老土地，食指是代表呱呱的。又如一人出中指，一人出无名指，这局面叫作“扁担打杀黄鼠狼”。因为中指是代表扁担，无名指是代表黄鼠狼的，又如一人出食指，一人出小指，这局面叫作“呱呱啄蛀虫”。因为小指是代表蛀虫的。这游戏法的名称即根据于此。其规则，每一指必有所克制的二指，同时又必有被克制的二指。即：“老土地杀呱呱吃”，“老土地踏杀蛀虫”。“呱呱啄蛀虫”，“呱呱飞过扁担”。“扁担打杀老土地”，“扁担赶掉黄鼠狼”。“黄鼠狼放个屁，臭杀老土地”，“黄鼠狼拖呱呱”。“蛀虫蛀断扁担”，“蛀虫蛀断黄鼠狼脚跟”。所以五个手指的势力相均等，无须选择；玩时只要任意出一根指，全视机缘而定胜否。像这几天的长夏，户外晒着炎阳，出去玩不得；屋内又老是这样，没有一点玩具。日长如小年，四五六七岁的孩子吃了三餐饭无所事事，其“没心相”之苦难言。幸而手是现成生在身上的，不必费钱去买。两人坐在门槛上伸出指头来一比，兴味来了，欢笑声也来了。静寂的破屋子里忽然充满了生趣。

更有一种简单的猜拳玩法，流行于吾乡的幼儿间，手的形式只有三种，捏拳头表示“石头”，五指平伸表示“纸头”，伸食中二指表示“剪刀”。若一人出拳头，一人出食中二指，叫作“石头敲断剪刀”，前者赢。一共有三句口诀，其余的两句是“剪刀剪碎纸头”，“纸头包石头”。这玩法另有一种形式：以手加额，表示“洋鬼子”，以手加口作摸须状，表示“大老爷”，以食指点鼻表示“乡下人”，玩时先由两人一齐拍手三下，然后各做一种手势。若一人以食指点鼻，一人以手加口，叫作“乡下人怕大老爷”，后者胜。其余两句口诀是“大老爷怕洋鬼子”，“洋鬼子怕乡下人”。乡下人就是农民，大老爷就是县长，洋鬼子当然就是外国人。这三句口诀似是前时代——《官场现形记》或《二十年目睹之怪现状》的时代——遗留下来的。但是儿童们至今只管沿用着。听说儿童是预言者，童谣能够左右天下大势。或许他们的话不会错，现在社会还这般，或者未来的社会要做到这般。

近来看见儿童间流行着一种很可笑的徒手游戏，也是用五官为游戏工具的，但方法比前者巧妙。例如一人问：“眉毛在哪里？”另一人立刻伸手指着自己的鼻头答道：“耳朵在这里。”一人问：“眼睛在哪里？”另一人立刻伸手指着自己的耳朵答道：“嘴巴在这里。”……诸如此类，凡所指非所答，所答非所问的，才算不错。详言之，这游戏的规则，是须得所问、所指、所答，三者各不相关，方为得胜。若有关联，反而认为错误，算是输的。这游戏的滑稽味即在于此。顽皮的孩子，都会随机应变地做这种是非颠倒的玩意儿。正直的孩子玩时便常常要输，他们不能口是心非，不会假痴假呆，有时只学会了动作的虚伪：例如你问他“鼻头在哪里”，他便指着耳朵回答你说“鼻头在这里”，便是半错。有时只学会了言语的虚伪：例如你问他“眼睛在哪里”，他指着眼睛回答你说“耳朵在这里”。也是半错。最正直的孩子，一点也不会虚伪：你问他“耳朵在哪里”，他老老实实地指着耳朵回答你说“耳朵在这里”，那便是大错，而且大输了。我于此益信儿童是预言者，儿童的游戏有左右天下大势之力。现今的世间是非颠倒，已近于这游戏；未来的世间的是非也许可以完全同这游戏中的一样。

上述数种游戏都是用口和手指为工具。还有仅用手的动作的游戏与仅用口说话的游戏，更加简单。有一种互相打手心的游戏叫作“拍荞麦”。其法：二人相对同声拍手三下，作为拍子快慢的标准。第四下即由二人各出右手互相一拍。第五下各自拍手，第六下二人各出左手互相一拍，余例推。总之，其方法是自拍一下，交拍一下，相间而进行。“噼啪噼啪”之声继续响下去，没有限制。谁的手心拍得痛了，宣告罢休，便是谁输。大家怕输而好胜。就大家不惜手掌，拼命地互相殴打。直到手掌拍得红肿而麻木了，方始罢休。孩子们的被私塾先生或小学教师打手心，好像已经上了瘾，不被打是难过的。所以在放学之后，或假期之中，没得被先生打，必须自己互相打一会儿手心来过过瘾。而且这种瘾头，到他们年纪长大时恐怕也不会断绝。有许多大人欢喜被虐待，不受人虐待时便难过。他们也常在自己找寻方法来过被虐待狂的瘾，不过不取拍荞麦的形式罢了。不用手而仅用口的游戏法，如唱歌猜谜等皆是。然而唱歌需要练习，猜谜需要智力，在很小的孩子们嫌其程度太高。他们另有种种更简易的言语游戏法，像“夺三十”便是其一例。夺三十者，是两人竞夺一月的末日——三十日——的一种游戏。其法每人轮流说日子名目，以一日或两日为限。譬如甲儿说“初一初二”，乙儿便接上去说“初三”，甲儿再说“初四”，乙儿又说“初五初六”。总之，说一日或二日随便，但不能说三日或以上。说到后来，谁夺得“三十”，便是谁胜。大人们看来，在这游戏中得胜是很容易的，只要捉住三的倍数，最后的一日总是归你到手。换言之，开始说的人总是吃亏，他说一日，你接上两日去，他说两日，你接上一日去。这样，三的倍数常轮到你手里，“三十”总是被你夺得了。但是很小的孩子都不解这秘诀，两人都盲从地说下去，偶然夺到“三十”的孩子便自以为强。在旁看他们游戏的大人便觉得浅薄可笑。等到其中一人夺了“三十”而表示十分得意的时候，大人们插进去叫道：“三十一！月底被我夺到了！”便表示十二分得意。“夺三十”原是旧历时代旧有的游戏法，以三十为月底最后一日。现在虽然用阳历为国历，但乡村的儿童还是沿用着旧有游戏法，不知道一月有三十一日。世间原有种种新时代的游戏，然都需要很复杂的设备，很高价的玩具，只有都市的富家子弟有福消受，乡村的小儿是享用不着的，穷乡僻处的儿童，从他们的老祖母那里学得些过去时代的极简单的徒口游戏法，也可聊解长闲的“没心相”了。

倘若不是徒手徒口而能得到一种极简单的物件，怕“闲”的人们便会想出更巧妙的种种游戏法来。譬如夏天，几个“没心相”的儿童会集在一块，而大家手中拿着折扇的时候，他们便会把折扇当作玩具的代用品。男孩子大都欢喜模仿卖艺者的手技，把折扇抛起来，叫它在空中翻几个筋斗，仍旧落到手中。这就可以比较胜负：例如定三十个筋斗为满额，然后各人顺次轮流地抛扇子，计算筋斗的和数，先满三十者为胜。倘落地一次，以前所积的筋斗就全部作废，须得重新积受起来。这种玩法有江湖气和赌博气，女孩子就不甚欢喜弄。她们拿到扇子，自有一种较文雅的玩法，便是数扇骨。她们想出四个字，叫作“偷买拾送”。把扇骨一根一根地依照这四字数下去。数到末脚一根扇骨倘是“偷”字，便认定这扇子是偷来的，而和这扇的所有者相揶揄。余例推。有的人又加三个字，合成七字：“偷买拾送抢骗讨”，玩时花样更多。倘某人的扇子的骨数到“抢”字上完结，余人就都叫她“强盗！”

几个“没心相”的人倘会坐在桌旁，就可以利用桌子为玩具而做“拍七”的游戏。这是大人们也常弄的玩意儿。但年长的孩子们玩起来兴味更高。玩法：六七个人空手围坐在桌旁，其中一个人叫“一”，其邻席的人接着叫“二”，以下顺次周流地叫下去，轮到“七”却不准叫，须得用手在桌缘的上面拍一下，以代替叫。他拍过之后，以下的人接着叫“八”“九”……到了“十四”又不准叫，须得用手在桌缘的下面向上拍一下，以代替叫。即前者“七”称为“明七”，须在桌缘上面拍；后者十四称为暗七，须在桌缘下面拍。以后凡“十七”“廿七”等皆是明七，轮到的人皆须向桌缘上面拍；“廿一”“廿八”“卅五”等皆是暗七，轮到的人皆须向桌缘下面拍。倘然不小心，轮到明暗七时叫了一声，其人便输；大人们以此赌酒，孩子们以此赌手心。叫错拍错的人都得被打手心。但这玩法需要智力，没有学过算学的很小的孩子都不会玩，须得稍大的小学生方有玩的能力。且玩时叫的数目有限制，大概到七十为满。七十以上的暗七，为九九表所不载，大人们玩起来也觉太吃力了。曾经有位算学先生大奖励这个玩法，令儿童常常玩习。并且依此例推，添进“拍八”“拍九”等同类的玩法来教他们做，说这是可以补助算学功课的。但是说也奇怪，被他这样一提倡，孩子们反而不欢喜玩，当作一种功课而勉强地实行了。

孩子们“没心相”起来，虽在废墟中，也能利用瓦砖为玩具而开始游戏。他们拾七粒小砖瓦，向阶沿石上磨一磨光，做成七只棋子模样，便以阶沿石为游戏场而“投七”了。投七之法先由一人用右手将七粒砖头随意撒散在阶沿上，然后选取其中一粒，向上抛起，趁这空的机会，向下摸取另一粒砖头，然后回过手来，接取上面落下来的那一粒。手中就拿着两粒砖头了。再把其中一粒向上抛起，乘机向下摸取一粒，回过手来接了上面落下来的一粒，于是手中就拿着三粒砖头了。这样抛过六次之后，七粒砖头全都在手。以上算是一番辛苦的工作，以后便是收获了。但收获不是完全享乐，仍须得费些气力来背出斤数来。即将七粒砖头从手心里全都抛起，立刻翻转手背来接。接住几粒，便是收获几斤。孩子们的手背是凸起的，大都不会全部接住，四斤、五斤，已算是丰收了。一人收获之后，把七粒砖头交与第二人，由他照样工作且收获。游戏者二人、三人、四人都可。预先议定三十斤为满，则轮流玩下去，先满三十的便是得胜。但规则很严：在工作中，倘接不住落下来的粒子，或在取子时带动了旁的粒子，其工作就失败，须得半途停工，把工具让给别人；而且以前收获所积蓄的斤数全部"烂光"。烂光，就是"作废"的意思。倘然满额的斤数定得很高——例如五十斤为满、一百斤为满，这玩的工作就非常严重。到了功亏一篑的时候，尤加紧张。一不小心，就要遭逢"前功尽去"的不幸。其工作法也有种种，如上所述，一粒一粒地摸进手里去，是最简易的一法。更进步的，叫作"幺二三"，就是第一次抛时摸取一粒。第二次抛时要摸取二粒，第三次抛时要摸取三粒。在这时候，撒子及撮子都要考虑。撒子时不可撒得太疏，亦不可撒得太密。太疏了，同时摸两粒三粒不易摸得到手；太密了，摸时容易带动旁的粒子。撮子时须考虑其余六子的位置，务使其余六子分作相当隔远的三堆，一粒作一堆，二粒作一堆，三粒作一堆，然后摸时可得便利。倘使撒得不巧，撮得不妥，玩这“幺二三”时摸子就容易失败。少摸一粒，多摸一粒，或带动了旁的粒子，就前功尽弃了。所以孩子们玩时个个抖擞精神，个个汗流满面。一切的“没心相”全被这手技竞争的兴味所打消了。

近来大旱，河底向天，农人无处踏水，对秋收已经绝望，生活反而空闲了。孩子们本来只要相帮大人刈草、送饭，现在竟一无所事了。但春间收下来的蚕豆没有吃完，一时还不会饿死。在这坐以待毙的时期，笑也不成，哭也没用，只是这些悠长如小年的日子无法过去，“没心相”之苦真难禁受。就有种种简单的游戏发见在日暮途穷的乡村间。这好比囚徒已经被判死刑，而刑期未到。与其在牢中哭泣，倒不如大家寻些笑乐吧。都会里用自来水的人闻知乡间大旱，在其同情的想象中，大约以为农家的人一天到晚在那里号哭；或枕藉地在那里饿死了。其实不尽然，号哭的饿死的固然有，但闲着、笑着、玩着而待毙的也还不少。不过这种种玩笑乐实比号哭与饿死更加悲惨！

纳凉闲话

昨夜天热，坐在楼窗口挥扇，听见下面的廊上有人在那里纳凉闲话。更深夜静，字字听得清楚；而且听了不会忘记。现在追记在这里：

甲："天气真热！晚上，还是九十一度！"

乙："不会九十一度的！恐怕你的寒暑表用火柴烧过了？"

丙："前年我们办公室里有一个同事，他真的擦了一根火柴，把寒暑表底下的水银球烧一烧，使水银升到九十度以上，就借此要求局长停止办公。局长果然答允了。后来……"

甲："其实你们何必要求停止办公。办公，无非闲坐、闲谈、吸烟；停止办公，回家去也不过闲坐、闲谈、吸烟。"

乙："回家去倒要给妻子打差使，抱小孩，还是在办公室里写意呢。"

丙："写意也说不到。到底不像在家里的自由自在。况且没事闲坐，就吸香烟，要一支，勠一支，把香烟瘾头弄得蛮大，一个月的香烟费真不小呢。"

甲："我说现在的香烟，支头太长。其实普通人吸烟，吸了半支已够。后半支，大都是浪费的。你看他们丢下来的香烟蒂头，都是长长的。有的吸了三分之二，丢了三分之一。这不是浪费吗？我看，香烟应该改短一半。那么瘾头小的人吸一支已够，一匣可抵两匣之用。瘾头大的人不妨连吸几支。日本的香烟就是这样……"

乙："这话很对！尤其是我们做教师的人，嫌香烟太长。在休息的十分钟里，一支香烟总是吸不了。吸到半支，上课钟已打出，烟瘾也差不多了。丢了这半支，觉得可惜。用茶杯压隐[①]了，第二次烧着来吸，味道很不好；有时焦头点不着，却烧着了烟支的中部，烧得乌烟瘴气，无法再吸，终于丢了这半支。"

甲："这有一个方法，也是吃教师饭的朋友告诉我的，不妨传授给你：你点着后半支香烟时，不可衔在口里用力抽吸。须得同点香一样，先把焦头烧红，养一养灰，然后再吸。吸时就同一气吸下来的一样，不觉得它是第二次再点的了。这赛过做文章里的承上启下，一气呵成。"

丙："你真是个文人，三句不离本行。怪不得文坛要兴发起来，阿猫阿狗都是著作家了。现在的杂志真多呢！我是连杂志名字都记不得许多，哪有工夫阅读？就是有工夫也没有许多钱来订阅。"

---

① 隐，江南一带方言，意即熄，灭。

乙：“我只订了一份××杂志。每次寄到来，看见包纸上不贴邮票，这是怎么样的？大概他们是因为寄出的份数多了，向邮局总付的？”

丙：“当然啰！份数多了，贴贴邮票和打打邮印的手续多麻烦！乐得大家省了。”

甲：“现在的邮票真奇怪：一分邮票总是四分改成的。好好的四分邮票，都加印‘暂作一分’四个红字，当作一分用。”

乙：“钞票假如也好改，我要去买‘暂作十元’四个铅字来，印在我的一元钞票上，把它们当作十元钞票用呢。”

丙：“改钞票犯罪的，造假钞不是要杀头的吗？”

乙：“唉！讲起杀头，我现在还害怕！前天上午我在马路上走，看见许多兵马簇拥了一个人去杀头。那人坐在黄包车里，手脚都绑牢，口里正在说些什么。你道这样子多可怕！”

甲：“我想那拉黄包车的更加难过呢。教我做了黄包车夫，我一定不要做生意，哪怕他给我十块钱。”

乙：“也是现成话。当真做了黄包车夫，给你一块钱也拉了。一块钱！拉一天还拉不到呢。”

丙：“你不要说，黄包车夫的进账真不小呢。生意好，运气好起来，一天拉二三块钱不稀奇。他们比我们做办事员的好得多呢。”

乙：“你也不要同黄包车夫吃醋！他们到底苦，体力消耗得厉害。听说拉车只拉一个少壮时，上了四五十岁就拉不动。而且因过劳而早死的也有。”

甲：“富人遭绑匪撕票，不是死得更苦吗？我看，做人，穷富都苦。都要死在钱财手里。古语云：‘人为财死，鸟为食亡。’”

丙：“鸟为食亡，也不见得。我们局长养了七八只鸟，天天在喂蛋黄米给它们吃呢。我们做人实在不及做这种鸟写意。”

乙：“他养的什么鸟？”

丙：“竹叶青、黄头子、芙蓉……都是叫得很好听的。我坐在办公室的窗口，正听得着鸟声，听了要打盹。”

甲：“听说你们的局长太太是音乐学校毕业的，唱得好歌。你听见过吗？”

丙：“什么音乐学校？一个女戏子呀！我只见过一次，十足摩登。”

甲：“‘摩登’这两个字原来意思很好，到了中国就坏化了。”

乙：“无论什么东西，到了中国就坏化。譬如鸦片，原来在外国是一种救人的药，到了中国就变成害人的毒物。吸了废事失业，吞了还可以自杀。”

甲：“自杀也不关鸦片事。前天我到药房买‘来沙尔’，他们说不卖，要医生证明才肯卖，说道这是防止自杀。真可笑！触电也可以自杀，跳河也可以自杀，何不把电灯一律取消，把河一概填塞？”

丙：“来沙尔是干什么用的？”

甲："这是滴在洗脸水、洗浴水里的。气味像臭药水，夏天用了爽快，而且有消毒效果。我是年年用惯的。今年却买不到。"

乙："叫我哥哥给你证明好了。"

甲："那很好。听说你哥哥和嫂嫂已经离婚了，曾在报上登过声明？"

乙："是呀！我的嫂子实在太那个……况且她有狐臭。"

丙："狐臭究竟怎样来的？可以医的吗？"

乙："医不好的！这种病的确讨厌。尤其是在这两月夏天，遇着患这病的人非远而避之不可。"

甲："听说杨贵妃也是患狐臭的。不知唐明皇怎么会宠爱她？"

丙："也许后人传讹。也许她的姿色的确不差，掩过了这缺陷。你看梅兰芳扮的《贵妃醉酒》，多么动人！"

乙："梅兰芳正在俄国出风头呢！俄国人怎么会看得懂中国的旧戏，而那样地称赞他？我想……"

甲打个呵欠，换一种语调说："喂！我们今晚为什么讲到了梅兰芳？"

在这句话之下，三人都笑起来。于是大家跳出了"纳凉闲话"的圈子，来追溯刚才的话头。从"梅兰芳"起，一直追溯到甲开场说的"天气真热！"好似一串链条，连续不断。因此我听了也不会忘记，能给他们记录如上。

胡桃云片

凭窗闲眺，想觅一个随感的题目。

说出来真觉得有些惭愧：今天我对于展开在窗际的“一二八”战争的炮火的痕迹，不能兴起“抗日救国”的愤慨，而独仰望天际散布的秋云，甜蜜地联想到松江的胡桃云片。也想把胡桃云片隐藏在心里，而在嘴上说抗日救国。但虚伪还不如惭愧些吧。

三四年前在松江任课的时候，每星期课毕返上海，黄包车经过望江楼隔壁的茶食店，必然停一停车，买一尺胡桃云片带回去吃。这种茶食是否松江的名物，我没有调查过。我是有一回同一个朋友在望江楼喝茶，想买些点心吃吃，偶然在隔壁的茶食店里发见的。发见以后，我每次携了藤箧坐黄包车出城的时候必定要买。后来成为定规，那店员看见我的车子将停下来，就先向橱窗里拿一尺糕来称分量。我走到柜上，不必说话，只须摸出一块钱来等他找我。他找我的有时两角小洋，有时只几个铜板，视糕的分量轻重而异。每月的糕钱约占了我的薪水的十二分之一。我为什么肯拿薪水的十二分之一来按星期致送这糕店呢？因为这种糕实有使我欢喜之处，且听我说：

云片糕，这个名词高雅得很。“云片”二字是糕的色彩形状的印象的描写。其白如云，其薄如片，名之曰云片，真是高雅而又适当。假如有一片糕向空中不翼而飞，我们大可用古人“白云一片去悠悠”之句来题赞这景象。但我还以为这名词过于象征了些。因为糕的厚薄固然宜于称片，但就糕的轮廓的形状上看，对于上面的“云”字似觉不切。这糕的四边是直线，四根直线围成一个长方形。用直线围成的长方形来比拟天际缭绕不定的云，似乎过于象征而有些牵强了。若把“云片”二字专用于胡桃云片上，那么我就另有一种更有趣味的看法。

胡桃云片，本是加有胡桃的云片糕的意思。想象它的制法，大约是把一块一块的胡桃肉装入米粉里，做成一段长方柱形，然后用刀切成薄薄的片。这样一来，每一片糕上都有胡桃肉的各种各样的切断面的形状。胡桃肉的形体本是非常复杂，现在装入糕中而切成片子，就因了它的位置、方向，及各部形体的不同，而在糕片上显出变化多样的形象来。试切下几片糕来，不要立刻塞进口里，先来当作小小的画片观赏一下。有许多极自然的曲线，描出变化多样的形象，疏疏密密地排列在这些小小的画片上。倘就各个形象看：有的像果物，有的像人形，有的像鸟兽，还有许多像台湾。就全体看：有时像蠹鱼钻过的古书，有时像别的世界的地图，有时像古代的象形文字，然而大都疏密无定，颇像现在窗外的散布着秋云的天空。古人诗云：“人似秋云散处多。”秋天的云，大都是一朵一朵地分散而疏密无定的。这颇像胡桃云片上的模样。故我每吃胡桃云片便想起秋天，每逢秋天便想吃胡桃云片。根据了这看法而称这种糕曰“胡桃云片”，岂不更为雅致适切而更有趣味吗?

松江人似乎曾在胡桃云片上发见了这种画意的。他们所制的糕，不像别处的产物似的仅在云片中嵌入胡桃肉，他们在糕的四周用红色的线条作一黄金律的缘，而把胡桃的断面装点在这缘线内。这宛如在一幅中国画上加了装裱，或是在一幅西洋画上加了镜框，画的意趣更加焕发了。这些胡桃肉受了缘的隔离，已与实际的世间绝缘，不复是可食的胡桃肉，而成为独立的美的形体了。

因这缘故，松江的胡桃云片使我特别欢喜。辞了松江的教职以后，我不能常得这种胡桃糕，但时时要想念它——例如今天凭窗闲眺而望天际散布的秋云的时候。读者也许要笑：“你在想吃松江胡桃糕，何必絮絮叨叨地说出这一大篇！”不，不，我要吃糕很容易：到江湾街上去买两百文胡桃肉，七个铜板云片糕，拿回家来用糕包裹胡桃肉，闭了眼睛塞进嘴里，嚼起来味道和松江胡桃云片完全一样。我的想念松江胡桃云片，是为了想看。至少，半是为了想看，半是为了想吃。若要说吃，我吃这种糕是并用了眼睛和嘴巴而吃的。

我们中国的市上，仅用嘴巴吃的东西太多了。因此使我拿薪水的十二分之一来按星期致送松江的糕店，又使我在江湾的窗际遥遥地想念松江的胡桃云片。我希望我国到处的市上，并用眼睛和嘴巴来吃的东西渐渐多起来。不但嘴吃的东西，身体各部所用的东西，也都要教眼睛参加进去才好。我又希望我国到处的市上，并用眼睛和身体来用的东西也渐渐多起来。

吃瓜子

从前听人说：中国人人人具有三种博士的资格：拿筷子博士、吹煤头纸博士、吃瓜子博士。

拿筷子，吹煤头纸，吃瓜子，的确是中国人独得的技术。其纯熟深造，想起了可以使人吃惊。这里精通拿筷子法的人，有了一双筷，可抵刀锯叉瓢一切器具之用，爬罗剔抉，无所不精。这两根毛竹仿佛是身体上的一部分，手指的延长，或者一对取食的触手。用时好像变戏法者的一种演技，熟能生巧，巧极通神。不必说西洋了，就是我们自己看了，也可惊叹。至于精通吹煤头纸法的人，首推几位一天到晚捧水烟筒的老先生和老太太。他们的“要有火”比上帝还容易，只消向煤头纸上轻轻一吹，火便来了。他们不必出数元乃至数十元的代价去买打火机，只要有一张纸，便可临时在膝上卷起煤头纸来，向铜火炉盖的小孔内一插，拔出来一吹，火便来了。我小时候看见我们染坊店里的管账先生，有种种吹煤头纸的特技。我把煤头纸高举在他的额头旁边了，他会把下唇伸出来，使风向上吹；我把煤头纸放在他的胸前了，他会把上唇伸出来，使风向下吹；我把煤头纸放在他的耳旁了，他会把嘴歪转来，使风向左右吹；我用手按住了他的嘴，他会用鼻孔吹，都是吹一两下就着火的。中国人对于吹煤头纸技术造诣之深，于此可以窥见。所可惜者，自从卷烟和火柴输入中国而盛行之后，水烟这种“国烟”竟被冷落，吹煤头纸这种“国技”也很不发达了。生长在都会里的小孩子，有的竟不会吹，或者连煤头纸这东西也不曾见过。在努力保存国粹的人看来，这也是一种可虑的现象。近来国内有不少人努力于国粹保存。国医、国药、国术、国乐，都有人在那里提倡。也许水烟和煤头纸这种国粹，将来也有人起来提倡，使之复兴。

但我以为这三种技术中最进步最发达的，要算吃瓜子。近来“瓜子大王”的畅销，便是其老大的证据。据关心此事的人说，“瓜子大王”一类的装纸袋的瓜子，最近市上流行的有许多牌子。最初是某大药房“用科学方法创制”的，后来有什么好吃来公司、顶好吃公司……种种出品陆续产出。到现在差不多无论哪个穷乡僻处的糖食摊上，都有纸袋装的瓜子陈列而倾销着了。现代中国人的精通吃瓜子术，由此盖可想见。我对于此道，一向非常短拙，说出来有伤于中国人的体面，但对自家人不妨谈谈。我从来不曾自动地找求或买瓜子来吃。但到人家做客，受人劝诱时；或者在酒席上、杭州的茶楼上，看见桌上现成放着瓜子盆时，也便拿起来咬。我必须注意选择，选那较大、较厚，而形状平整的瓜子，放进口里，用臼齿“格”地一咬，再吐出来，用手指去剥。幸而咬得恰好，两瓣瓜子壳各向两旁扩张而破裂，瓜仁没有咬碎，剥起来就较为省力。若用力不得其法，两瓣瓜子壳和瓜仁叠在一起而折断了，吐出来的时候我就担忧。那瓜子已纵断为两半，两半瓣的瓜仁紧紧地装塞在两半瓣的瓜子壳中，好像日本版的洋装书，套在很紧的厚纸函中，不容易取它出来。这种洋装书的取出法，现在都已从日本人那里学得，不要把指头塞进厚纸函中去力挖，只要使函口向下，两手扶着函，上下振动数次，洋装书自会脱壳而出。然而半瓣瓜子的形状太小了，不能应用这个方法，我只得用指爪细细地剥取。有时因为练习弹琴，两手的指爪都剪平，和尚头一般的手指对它简直毫无办法。我只得乘人不见把它抛弃了。在痛感困难的时候，我本拟不再吃瓜子了。但抛弃了之后，觉得口中有一种非甜非咸的香味，会引逗我再吃。我便不由得伸起手来，另选一粒，再送交臼齿去咬。不幸而这瓜子太燥，我的用力又太猛，“格”地一响，玉石不分，咬成了无数的碎块，事体就更糟了。我只得把粘着唾液的碎块尽行吐出在手心里，用心挑选，剔去壳的碎块，然后用舌尖舐食瓜仁的碎块。然而这挑选颇不容易，因为壳的碎块的一面也是白色的，与瓜仁无异，我误认为全是瓜仁而舐进口中去嚼，其味虽非嚼蜡，却等于嚼砂。壳的碎片紧紧地嵌进牙齿缝里，找不到牙签就无法取出。碰到这种钉子的时候，我就下个决心，从此戒绝瓜子。戒绝之法，大抵是喝一口茶来漱一漱口，点起一支香烟，或者把瓜子盆推开些，把身体换个方向坐了，以示不再对它发生关系。然而过了几分钟，与别人谈了几句话，不知不觉之间，会跟了别人而伸手向盆中摸瓜子来咬。等到自己觉察破戒的时候，往往是已经咬过好几粒了。这样，吃了非戒不可，戒了非吃不可；吃而复戒，戒而复吃，我为它受尽苦痛。这使我现在想起了瓜子觉得害怕。

但我看别人，精通此技的很多。我以为中国人的三种博士才能中，咬瓜子的才能最可叹佩。常见闲散的少爷们，一只手指间夹着一支香烟，一只手握着一把瓜子，且吸且咬，且咬且吃，且吃且谈，且谈且笑。从容自由，真是“交关写意”！他们不须拣选瓜子，也不须用手指去剥。一粒瓜子塞进了口里，只消“格”地一咬，“呸”地一吐，早已把所有的壳吐出，而在那里嚼食瓜子的肉了。那嘴巴真像一具精巧灵敏的机器，不绝地塞进瓜子去，不绝地“格”“呸”“格”“呸”……全不费力，可以永无罢休。太太们、小姐们的咬瓜子，态度尤加来得美妙：她们用兰花似的手指摘住瓜子的圆端，把瓜子垂直地塞在门牙中间，而用门牙去咬它的尖端。“的，的”两响，两瓣壳的尖头便向左右绽裂。然后那手敏捷地转个方向，同时头也帮着了微微地一侧，使瓜子水平地放在门牙口，用上下两门牙把两瓣壳分别拨开，咬住了瓜子肉的尖端而抽它出来吃。这吃法不但“的，的”的声音清脆可听，那手和头的转侧的姿势窈窕得很，有些儿妩媚动人，连丢去的瓜子壳也模样姣好，有如朵朵兰花。由此看来，咬瓜子是中国少爷们的专长，而尤其是中国小姐、太太们的拿手戏。

在酒席上、茶楼上，我看见过无数咬瓜子的圣手。近来“瓜子大王”畅销，我国的小孩子们也都学会了咬瓜子的绝技。我的技术，在国内不如小孩子们远甚，只能在外国人面前占胜。记得从前我在赴横滨的轮船中，与一个日本人同舱。偶检行箧，发见亲友所赠的一罐瓜子。旅途寂寥，我就打开来和日本人共吃。这是他平生没有吃过的东西，他觉得非常珍奇。在这时候，我便老实不客气地装出内行的模样，把吃法教导他，并且示范地吃给他看。托祖国的福，这示范没有失败。但看那日本人的练习，真是可怜得很！他如法将瓜子塞进口中，“格”地一咬，然而咬时不得其法，将唾液把瓜子的外壳全部浸湿，拿在手里剥的时候，滑来滑去，无从下手，终于滑落在地上，无处寻找了。他空咽一口唾液，再选一粒来咬。这回他剥时非常小心，把咬碎了的瓜子陈列在舱中的食桌上，俯伏了头，细细地剥，好像修理钟表的样子。约莫一二分钟之后，好容易剥得了些瓜仁的碎片，郑重地塞进口里去吃。我问他滋味如何，他点点头连称umai，umai！（好吃，好吃！）我不禁笑了出来。我看他那阔大的嘴里放进一些瓜仁的碎屑，犹如沧海中投以一粟，亏他辨出umai的滋味来。但我的笑不仅为这点滑稽，本由于骄矜自夸的心理。我想，这毕竟是中国人独得的技术，像我这样对于此道最拙劣的人，也能在外国人面前占胜，何况国内无数精通此道的少爷、小姐呢？

发明吃瓜子的人，真是一个了不起的天才！这是一种最有效的“消闲”法。要“消磨岁月”，除了抽鸦片以外，没有比吃瓜子更好的方法了。其所以最有效者，为了它具备三个条件：一、吃不厌；二、吃不饱；三、要剥壳。

俗语形容瓜子吃不厌，叫作“勿完勿歇”。为了它有一种非甜非咸的香味，能引逗人不断地要吃。想再吃一粒不吃了，但是嚼完吞下之后，口中余香不绝，不由你不再伸手向盆中或纸包里去摸。我们吃东西，凡一味甜的，或一味咸的，往往易于吃厌。只有非甜非咸的，可以久吃不厌。瓜子的百吃不厌，便是为此。有一位老于应酬的朋友告诉我一段吃瓜子的趣话：说他已养成了见瓜子就吃的习惯。有一次同了朋友到戏馆里看戏，坐定之后，看见茶壶的旁边放着一包打开的瓜子，便随手向包里掏取几粒，一面咬着，一面看戏。咬完了再取，取了再咬。如是数次，发见邻席的不相识的观剧者也来掏取，方才想起了这包瓜子的所有权。低声问他的朋友：“这包瓜子是你买来的吗？”那朋友说“不”，他才知道刚才是擅吃了人家的东西，便向邻座的人道歉。邻座的人很漂亮，付之一笑，索性正式地把瓜子请客了。由此可知瓜子这样东西，对中国人有非常的吸引力，不管三七二十一，见了瓜子就吃。

俗语形容瓜子吃不饱，叫作“吃三日三夜，长个屎尖头”。因为这东西分量微小，无论如何也吃不饱，连吃三日三夜，也不过多排泄一粒屎尖头。为消闲计，这是很重要的一个条件。倘分量大了，一吃就饱，时间就无法消磨。这与赈饥的粮食目的完全相反。赈饥的粮食求其吃得饱，消闲的粮食求其吃不饱。最好只尝滋味而不吞物质。最好越吃越饿，像罗马亡国之前所流行的“吐剂”一样，则开筵大嚼，醉饱之后，咬一下瓜子可以再来开筵大嚼，一直把时间消磨下去。

要剥壳也是消闲食品的一个必要条件。倘没有壳，吃起来太便当，容易饱，时间就不能多多消磨了。一定要剥，而且剥的技术要有声有色，使它不像一种苦工，而像一种游戏，方才适合于有闲阶级的生活，可让他们愉快地把时间消磨下去。

具足以上三个利于消磨时间的条件的，在世间一切食物之中，想来想去，只有瓜子。所以我说发明吃瓜子的人是了不起的天才。而能尽量地享用瓜子的中国人，在消闲一道上，真是了不起的积极的实行家！试看糖食店、南货店里的瓜子的畅销，试看茶楼、酒店、家庭中满地的瓜子壳，便可想见中国人在“格”“呸”“的，的”的声音中消磨去的时间，每年统计起来为数一定可惊。将来此道发展起来，恐怕是全中国也可消灭在“格”“呸”“的，的”的声音中呢。

我本来见瓜子害怕，写到这里，觉得更加害怕了。

沙坪的酒

胜利快来到了，逃难的辛劳渐渐忘却了。我辞去教职，恢复了战前的闲居生活。住在重庆郊外的沙坪坝庙湾特五号自造的“抗建式”小屋中的数年间，晚酌是每日的一件乐事，是白天笔耕的一种慰劳。

我不喜吃白酒，味近白酒的白兰地，我也不要吃。巴拿马赛会得奖的贵州茅台酒，我也不要吃。总之，凡白酒之类的，含有多量酒精的酒，我都不要吃。所以我逃难中住在广西贵州的几年，差不多戒酒。因为广西的山花、贵州的茅台，均含有多量酒精，无论本地人说得怎样好，我都不要吃。

自从由贵州茅台酒的产地遵义迁居到重庆沙坪坝，我开始恢复晚酌，酌的是“渝酒”，即重庆人仿造的黄酒。

富有风趣的一位朋友讥笑我说：“你不吃白酒，而爱吃黄酒，我知道你的意思了：吃白酒是不出钱的，揩别人的油。你不用人间造孽钱，笔耕墨稼，自食其力，所以讨厌‘白酒’两字。黄酒是你们故乡的特产，你身窜异地，心念故乡，所以爱吃黄酒。对不对？”我说：“其然，岂其然欤？”这朋友的话颇有诗意，然而并没有猜中我不爱白酒爱黄酒的原因。揩别人的油，原是我所不欲的；然而吃酒揩油，我觉得比其他的揩油好些。古人诗云：“三杯不记主人谁。”吃酒是兴味的，是无条件的，是艺术的。既然共饮，就不必斤斤计较酒的所有权；吝情去留，反而煞风景，反而有伤生活的诗趣。我倒并不绝对不吃“白酒”（不出钱的酒）。至于为了怀乡而吃黄酒，也大可不必。我住在大后方各省各地的时候，天天嘴上所说的是家乡土白。若要怀乡，这已尽够，不必再用吃黄酒来表示了。

我所以不喜白酒而喜黄酒，原因很简单：就为了白酒容易醉，而黄酒不易醉。“吃酒图醉，放债图利”，这种功利地吃酒，实在不合于吃酒的本旨。吃饭、吃药，是功利的。吃饭求饱，吃药求愈，是对的。但吃酒这件事，性状就完全不同。吃酒是为兴味，为享乐，不是求其速醉。譬如二三人情投意合，促膝谈心，倘添上各人一杯黄酒在手，话兴一定更浓。吃到三杯，心窗洞开，真情挚语，娓娓而来。古人所谓“酒三昧”，即在于此。但决不可吃醉，醉了，胡言乱道，诽谤唾骂，甚至呕吐、打架。那真是不会吃酒，违背吃酒的本旨了。所以吃酒绝不是图醉。所以容易醉人的酒绝不是好酒。巴拿马赛会的评判员倘换了我，一定把一等奖给绍兴黄酒。

沙坪的酒，当然远不及杭州、上海的绍兴酒。然而“使人醺醺而不醉”，这重要条件是具足了的。人家都讲究好酒，我却不大关心。有的朋友把从上海坐飞机来的真正“陈绍”送我。其酒固然比沙坪的酒气味清香些，上口舒适些；但其效果也不过是“醺醺而不醉”。在抗战期间，请绍酒坐飞机，与请洋狗坐飞机有相似的意义。这意义所给人的不快，早已抵消了其气味的清香与上口的舒适了。我与其吃这种绍酒，宁愿吃沙坪的渝酒。

“醉翁之意不在酒”，这真是善于吃酒的人说的至理名言。我抗战期间在沙坪小屋中的晚酌，正是“意不在酒”。我借饮酒作为一天的慰劳，又作为家庭聚会的助兴品。在我看来，晚餐是一天的大团圆。我的工作完毕了；读书的、办公的孩子们都回来了；家离市远，访客不再光临了；下文是休息和睡眠，时间尽可从容了。若是这大团圆的晚餐只有饭菜而没有酒，则不能延长时间，匆匆地把肚皮吃饱就散场，未免太功利，太少兴趣。况且我的吃饭，从小养成一种快速习惯，要慢也慢不来。有的朋友吃一餐饭能消磨一两小时，我不相信他们如何吃法。在我，吃一餐饭至多只花十分钟。这是我小时从李叔同先生学钢琴时养成的习惯。那时我在师范学校读书，只有吃午饭后到一点钟上课的时间，和吃夜饭后到七点钟上自修的时间是教弹琴的时间。我十二点吃午饭，十二点一刻须得到弹琴室；六点钟吃夜饭，六点一刻须得到弹琴室。吃饭、洗碗、洗面，都要在十五分钟内了结。这样的数年，使我养成了快吃的习惯。后来虽无快吃的必要，但我仍是非快不可。这就好比反刍类的牛，野生时代因为怕狮虎侵害而匆匆地把草吞入胃内，急忙回到洞内，再吐出来细细地咀嚼，养成了反刍的习惯，做了家畜以后，虽无快吃的必要，但它仍是要反刍。如果有人劝我慢慢吃，在我是一件苦事。因为慢吃违背了惯性，很不自然，很不舒服。一天的大团圆的晚餐，倘使我以十分钟了事，岂不太草草了？所以我的晚酌，意不在酒，是要借饮酒来延长晚餐的时间，增加晚餐的兴味。

沙坪的晚酌，回想起来颇有兴味。那时我的儿女五人，正在大学或专科或高中求学，晚上回家，报告学校的事情，讨论学业的问题。他们的身体在我的晚酌中渐渐地高大起来。我在晚酌中看他们升级，看他们毕业，看他们任职，就差一个没有看他们结婚。在晚酌中看成群的儿女长大成人，照一般的人生观说来是“福气”，照我的人生观说来只是“兴味”。这好比饮酒赏春，眼看花草树木，欣欣向荣；自然的美，造物的用意，神的恩宠，我在晚酌中历历地感到了。陶渊明诗云：“试酌百情远，重觞忽忘天。”我在晚酌三杯以后，便能体会这两句诗的真味。我曾改古人诗云：“满眼儿孙身外事，闲将美酒对银灯。”因为沙坪小屋的电灯特别明亮。

还有一种兴味，却是千载一遇的：我在沙坪小屋的晚酌中，眼看抗战局势的好转。我们白天各自看报，晚餐桌上大家报告讨论。我在晚酌中眼看东京的大轰炸，墨索里尼的被杀，德国的败亡，独山的收复，直到《波茨坦宣言》的发出，八月十日夜日本的无条件投降。我的酒味越吃越美。我的酒量越吃越大，从每晚八两增加到一斤。大家说我们的胜利是有史以来的一大奇迹。

我更觉得奇怪。我的胜利的欢喜，是在沙坪小屋晚上吃酒吃出来的！所以我确认，世间的美酒，无过于沙坪坝的四川人仿造的渝酒。我有生以来，从未吃过那样的美酒。即如现在，我已“胜利复员，荣归故乡”；故乡的真正陈绍，比沙坪坝的渝酒好到不可比拟。我也照旧每天晚酌；然而味道远不及沙坪坝的渝酒。因为晚酌的下酒物，不是物价狂涨，便是盗贼蜂起；不是贪污舞弊，便是横暴压迫！沙坪小屋中的晚酌的那种兴味，现在了不可得了！唉，我很想回重庆去，再到沙坪小屋里去吃那种美酒。

爆炒米花

楼窗外面“砰”的一响，好像放炮，又好像轮胎爆裂。推窗一望，原来是“爆炒米花”。

这东西我小时候似乎不曾见过，不知是什么时候开始有的，这个名称我也不敢确实，因为那人的叫声中音乐的成分太多，字眼听不清楚。问问别人，都说“爆炒米花吧”。然而爆而又炒，语法欠佳，恐非正确。但这姑且不论，总之，这是用高热度把米粒放大的一种工作。这工作的工具是一个有柄的铁球，一只炭炉，一只风箱，一只麻袋和一张小凳。爆炒米花者把人家托他爆的米放进铁球里，密封起来，把铁球架在炭炉上；然后坐在小凳上了，右手扯风箱，左手握住铁球的柄，把它摇动，使铁球在炭炉上不绝地旋转。旋到相当的时候，他把铁球从炭炉上卸下，放进麻袋里，然后启封——这时候发出“砰”的一响，同时米粒从铁球中迸出，落在麻袋里，颗颗同黄豆一般大了！爆炒米花者就拿起麻袋来，把这些米花倒在请托者拿来的篮子里，然后向他收取若干报酬。请托者大都笑嘻嘻地看看篮子里黄豆一般大的米花，带着孩子，拿着篮子回去了。这原是孩子们的闲食，是一种又滋养、又卫生、又经济的闲食。

我家的劳动大姐主张不用米粒，而用年糕来托他爆。把水磨年糕切成小拇指大的片子放在太阳里晒干，然后拿去托他爆。爆出来的真好看：小拇指大的年糕片，都变得同十支香烟篦子一般大了！爆的时候加入些糖，吃起来略带甜味，不但孩子们爱吃，大人们也都喜欢，因为它质地很松，容易消化，多吃些也不会伤胃。“空隆空隆”地嚼了好久，而实际上吃下去的不过小拇指大的一片年糕。

我吃的时候曾经作如是想：倘使不爆，要人吃小拇指大的几片硬年糕，恐怕不见得大家都要吃。因为硬年糕虽然营养丰富，但是质地太致密，不容易嚼碎，不容易消化，只有胃健的人，消化力强大的人，例如每餐“斗米十肉”的古代人，才能吃硬年糕；普通人大都是没有这胃口的吧。而同是这硬年糕，一经爆过，一经放松，普通人就也能吃，并且爱吃，即使是胃弱的人也消化得了。这一爆的作用就在于此。

想到这里，恍然若有所感。似乎觉得这东西象征着另一种东西。我回想起了三十年前，我初作《缘缘堂随笔》时的一件事。

《缘缘堂随笔》结集成册，在开明书店出版了。那时候我已经辞去教师和编辑之职，从上海迁回故乡石门湾，住在老屋后面的平屋里。我故乡有一位前辈先生，姓杨名梦江，是我父亲的好友，我两三岁的时候，父亲教我认他为义父，我们就变成了亲戚。我迁回故乡的时候，我父亲早已故世，但我常常同这位义父往来。他是前清秀才，诗书满腹。有一次，我把新出版的《缘缘堂随笔》送他一册，请他指教。过了几天他来看我，谈到了这册随笔，我敬求批评。他对那时正在提倡的白话文向来抱反对态度，我料他的批评一定是否定的。果然，他起初就局部略微称赞几句，后来的结论说："不过，这种文章，教我们做起来，每篇只要廿八个字——一首七绝；或者二十个字——一首五绝。"

我初听到这话，未能信受。继而一想，觉得大有道理！古人作文，的确言简意繁，辞约义丰，不像我们的白话文那么啰里啰唆。回想古人的七绝和五绝，的确每首都可以作为一篇随笔的题材。例如最周知的唐诗："去年今日此门中，人面桃花相映红。人面不知何处去，桃花依旧笑春风。""少小离家老大回，乡音无改鬓毛衰。儿童相见不相识，笑问客从何处来。"这两个题材，倘使教我来表达，我得写每篇两三千字的两篇抒情随笔。"昨日入城市，归来泪满巾。遍身罗绮者，不是养蚕人。""长安买花者，一枝值万钱。道旁有饥人，一钱不肯捐。"这两个题材，倘教我来表达，我也许要写成——倘使我会写的话——两篇讽喻短篇小说呢！于是我佩服这位老前辈的话，表示衷心地接受批评。

三十年前这位老前辈对我说的话，我一直保存在心中，不料今天同窗外的"爆炒米花"相结合了，我想：原来我的随笔都好比是爆过、放松过的年糕！

食肉

我从小不吃肉，猪牛羊肉一概不要吃，吃了要呕吐。三四岁以前，本来是要吃的，肥肉也要吃。但长大起来，就不要吃了。原因何在，不得而知。大约是生理关系，仿佛牛马羊不要吃荤，只要吃草。我母亲喜欢吃肉。她推己及人，担心我不吃肉身体不好，曾经将肥肉切成小粒，用豆腐皮包好，叫我吞下去。我遵命。但入胃不久，即觉异样，终于呕吐，连饭也吐光。母亲灰心了，于是我成了一个不食肉者，连鸡鸭也不要吃，只能吃鱼虾。

不食肉是很不方便的。出门做客，参加聚餐，席上总是肉类。有的人家，青菜用肉汤烧，鱼肚中嵌肉。这是最讲究的，却是和我为难。有一次我在一位老先生家便饭。席上鱼肉之外有青菜和豆腐。老先生知道我不吃肉，请我吃豆腐和青菜。但我一看，豆腐和青菜中都加些肉屑，我竟不能下箸。向主人讨些生豆腐，加些麻油酱油，津津有味地吃了一餐饱饭。旁人都说奇怪。谁谓荼苦，其甘如荠呀！

我曾在杭州第一师范做住宿生。饭厅里每桌七人，每餐四菜一汤，其中必有一碗肉。七块肉排列在上，底下是青菜。我应得的一块肉，总是送别人吃，六人轮流受用。因此同学们都喜欢和我同桌。有时星期日约同学出外聚餐，我总拉他们到功德林、素香斋。他们也说素菜好吃，然而嫌它营养不良。我入社会后，索性自称素食者，以免麻烦。其实鳜鱼、河蟹，我都爱吃。

遍观古往今来，中土外国，无不以肉为美味。“六十非肉不饱”“晚食以当肉”，足见人们对肉的珍视。我不吃肉，实在是“大逆不道”！但我“知故不改”，却笑“食肉者鄙”。

酒令

我父亲中举人后，科举就废。他走不上仕途，在家闲居终老。每逢春秋佳日，必邀集亲友，饮酒取乐。席上必行酒令。我还是一个孩童，有些酒令我不懂得。懂得的是“击鼓传花”。其法，叫一个不参加饮酒的人在隔壁房间里敲鼓。主人手持一枝花，传给邻座的人，依次传递，周流不息。鼓声停止之时，花在谁手中，谁饮酒。传花时非常紧张，每人一接到花，立刻交出，深恐在他手中时鼓声停止。击鼓的人，必须隔室，防止作弊。有的击鼓人很有技巧：忽而缓起来，好像要停止，却又响起来；忽而响起来，好像要继续，却突然停止了。持花的人就在一片笑声中饮酒。有时正在交代之际，鼓声停止了。两人大家放手，花落在地上。主人就叫这二人猜拳，输者饮酒。

又有一种酒令，是掷骰子。三颗骰子，每颗都用白纸糊住六面，上面写字。第一只上面写人物，第二只上面写地方，第三只上面写动作。文句是：公子章台[1]走马，老僧方丈参禅，少妇闺阁刺绣，屠沽市井挥拳，妓女花街卖俏，乞儿古墓酣眠。第一只骰子上写人物，即公子、老僧、少妇、屠沽、妓女、乞儿。第二只骰子上写地方，即章台、方丈、闺阁、市井、花街、古墓。第三只骰子上写动作，即走马、参禅、刺绣、挥拳、卖俏、酣眠。于是将骰子放在一只碗里，叫大家掷。凭掷出来的文句而行酒令。

如果手运奇好，掷出来是原句，例如“公子章台走马”，那么满座喝彩，大家为他满饮一杯。但这是极难得的。有的虽非原句，而情理差可，则酌量罚酒或免饮。例如“老僧古墓挥拳”，大约此老僧喜练武功；“公子闺阁酣眠”，大约这闺阁是他的妻子的房间；“乞儿市井酣眠”，也是寻常之事。但是骰子无知，有时乱说乱话：“屠沽章台卖俏”“老僧闺阁酣眠”“乞儿方丈走马”……那就满座大笑，讥议抨击，按例罚酒。众口嚣嚣，谈论纷纷，这正是侑酒的佳肴。原来饮酒最怕沉闷，有说有笑，酒便乘势入唇。

小孩子不吃酒，但也仿照这酒令，做三只骰子，以取笑乐。一只骰子上写“爸爸、妈妈、哥哥、姐姐、弟弟、妹妹”；一只骰子上写“在床里、在厕所里、在街上、在船里、在学校里、在

① 汉代长安街名，《汉书·张敞传》：“然敞无威仪，时罢朝会，过走马章台街。”

火车里”；一只骰子上写“吃饭、唱歌、跳绳、大便、睡觉、踢球”。掷出来的，是“爸爸在床上睡觉”“哥哥在学校里踢球”“姐姐在船里唱歌”“哥哥在厕所里大便”“弟弟在学校里跳绳”，便是好的。如果是“爸爸在床里大便”“妈妈在火车里跳绳”“姐姐在厕所里踢球”，那就要受罚。如果这一套玩厌了，可以另想一套新的。这玩法比打扑克牌另有风味。

桂林的山

“桂林山水甲天下”，我没有到桂林时，早已听见这句话。我预先问问到过的人：“究竟有怎样的好？”到过的人回答我，大都说是“奇妙之极，天下少有”。这正是武汉疏散人口，我从汉口返长沙，准备携眷逃桂林的时候。抗战节节失利，我们逃难的人席不暇暖，好容易逃到汉口，又要逃桂林去。对于山水，实在无心欣赏，只是偶然带便问问而已。然而百忙之中，必有一闲。我在这一闲的时间想象桂林的山水，假定它比杭州还优秀。不然，何以可称为“甲天下”呢？

我们一家十人，加了张梓生先生家四五人，合包一辆大汽车，从长沙出发到桂林，车资是二百七十元。经过了衡阳、零陵、邵阳，入广西境。闻名已久的桂林山水，果然在二十七年（1938）六月二十四日下午展开在我的眼前。初见时，印象很新鲜。那些山都拔地而起，好像西湖的庄子内的石笋，不过形状庞大，这令人想起古画中的远峰，又令人想起“天外三峰削不成”的诗句。至于水，漓江的绿波，比西湖的水更绿，果然可爱。我初到桂林，心满意足，以为流离中能得这样山明水秀的一个地方来托庇，也是不幸中之大幸。开明书店的陆联棠经理，替我租定了马皇背（街名）的三间平房，又替我买些竹器。竹椅、竹凳、竹床，十人所用，一共花了五十八块桂币。桂币的价值比法币[1]低一半，两块桂币换一块法币，五十八块桂币就是二十九块法币。我们到广西，弄不清楚，曾经几次误将法币当作桂币用。后来留心，买物付钱必打对折。打惯了对折，看见任何数目字都想打对折。我们是六月二十四日到桂林的。后来别人问我哪天到的，我回答“六月二十四”之后，几乎想补充一句：“就是三月十二日呀！”

汉口沦陷、广州失守之后，桂林也成了敌人空袭的目标，我们常常逃警报。防空洞是天然的，到处皆有，就在那拔地而起的山的脚下。因了逃警报，我对桂林的山愈加亲近了。桂林的山的性格，我愈加认识清楚了。我渐渐觉得这些不是山，而是大石笋。因为不但拔地而起，与地面呈九十度角，而且都是青灰色的童山，毫无一点树木或花草。久而久之，我觉得桂林竟是一片平原，并无有山，只是四围种着许多大石笋，比西湖的庄子里的更大更多而已。我对于这些大石笋，渐渐地看厌了。庭院中布置石笋，数目不多，可以点缀风景；但我们的“桂林”这个大庭院，布置的石笋太多，触目皆是，岂不令人生厌？我有时遥望群峰，

---

① 桂币：广西军政府发行的货币；法币：国民政府1935年发行的纸币。

想象它们是一只大动物的牙齿，有时望见一带尖峰，又想起小时候在寺庙里的十殿阎王的壁画中所见的尖刀山。假若天空中掉下一个巨人来，掉在这些尖峰上，一定会穿胸破肚，鲜血淋漓，同十殿阎王中所绘的一样。这种想象，使我渐渐厌恶桂林的山。这些时候听到“桂林山水甲天下”这句盛誉，我的感想与前大异：我觉得桂林的特色是“奇”，却不能称“甲”，因为“甲”有十全十美的意思，是总平均分数。桂林的山在天下的风景中，绝不是十全十美。其总平均分数绝不是“甲”。世人往往把“美”与“奇”两字混在一起，搅不清楚，其实奇是罕有少见，不一定美。美是具足圆满，不一定需要奇。三头六臂的人，可谓奇矣，但是谈不到美。天真烂漫的小孩，可为美矣，但是并不稀奇。桂林的山，奇而不美，正同三头六臂的人一样。我是爱画的人。我到桂林，人都说“得其所哉”，意思是桂林山水甲天下，可以入我的画。这使我想起了许多可笑的事，有一次有人报告我：“你的好画材来了，那边有一个人，身长不满三尺，而须长有三四寸。”我跑去一看，原来是做戏法的人带来的一个侏儒。这男子身体不过同桌子面高，而头部是个老人。对这残废者，我只觉得惊骇与怜悯，哪有心情欣赏他的“奇”，更谈不到美与画了。又有一次到野外写生，遇见一个相识的人，他自言熟悉当地风物，好意引导我去探寻美景，他说：“最美的风景在那边，你跟我来！”我跟了他跋山涉水，走得十分疲劳，好容易走到了他的目的地。原来有一株老树，不知遭了什么劫，本身横卧在地，而枝叶依旧欣欣向上。我率直地说："这难看死了！我不要画。"其人大为扫兴，我倒觉得可惜。可惜的是他引导我来此时，一路上有不少平凡而美丽的风景，我不曾写得。而他所谓美，其实是奇。美其所美，非吾所谓美也。这样的事，我所经历的不少。桂林的山，便是其中之一。

篆文的"山"字，是三个近乎三角形的东西。古人造象形字煞费苦心，以最简单的笔画，表出最重要的特点。像女字、手字、木字、草字、鸟字、马字、山字、水字等，每一个字是一幅速写画。而山因为望去形似平面，故造出的象形字的模样，尤为简明。从这字上，可知模范的山，是近于三角形的，不是石笋形的；可知桂林的山，不是模范的山，只是山之一种——奇特的山。古语说"仁者乐山，智者乐水"，则又可知周围山水对于人的性格很有影响。桂林的奇特的山，给广西人一种奇特的性格，勇往直前，百折不挠，而且短刀直入，率直痛快。广西省政治办得好，有模范省之称，正是环境的影响；广西产武人，多名将，也是拔地而起山的影响。但是讲到风景的美，则广西还是不参加为是。

"桂林山水甲天下"，本来没有说"美甲天下"。不过讲到山水，最容易注目其美。因此使桂林受不了这句盛赞。若改为"桂林山水天下奇"则庶几近情了。

山水间的生活

我家迁住白马湖上后三天，我在火车中遇见一个朋友，对我这样说："山水间虽然清静，但物质的需要不便之外，住家不免寂寞，办学校不免闭门造车，有利亦有弊。"我当时对于这话就起一种感想，后来忙中就忘却了。

现在春晖在山水间已生活了近一年了，我的家庭在山水间已生活了一月多了。我对于山水间的生活，觉得有意义，又想起了火车中的友人的话。写出我的几种感想在下面。

我曾经住过上海，觉得上海住家，邻人都是不相往来，而且敌视的。我也曾做过上海的学校教师，觉得上海的繁华和文明，能使聪明的明白人得到暗示和觉悟，而使悟力薄弱的人受到很恶的影响。我觉得上海虽热闹，实在寂寞，山中虽冷静，实在热闹，不觉得寂寞。就是上海是骚扰的寂寞，山中是清静的热闹。

在火车里的几小时，是在这社会里四五十年的人生的缩图。座位被占，提包被偷等恐慌，就是生活恐慌的缩形。倘嫌山水间的生活的寂寞，而慕都会的热闹，犹之在只乘四五个相熟的人的火车里嫌寂寞，要望别的拥挤着的车子里去。如果有这样的人，他定是要描写拥挤的车子而去观察的小说家，否则是想图利去的pickpocket[①]。

我在教授图画唱歌的时候，觉得以前曾在别处学过图画唱歌的人最难教授，全然没有学过的人容易指导。同样，我觉得在社会里最感到困难的是“因袭的打破难”。许多学校风潮，许多家庭悲剧，许多恶劣的人类分子，都是“因袭的罪恶”，何尝是人间本身的不良？因袭好比遗传，永不断绝。新文化一次输入因袭旧恶的社会里，仿佛注些花露水在粪里，气味更难当。再输入一次，仿佛在这花露水和粪里再注入些香油，又变一种臭气。我觉得无论什么改造，非先除去因袭的恶弊终归越弄越坏。在山水间的学校和家庭，不拘何等孤僻，何等少见闻，何等寂寥，“因袭的传染的隔远”和“改造的容易入手”是实实在在的事实。

我从前往往听见人讲到子弟求学或职业等问题，都说：“总要出上海[②]！”听者带着一种对于将来生活的恐慌的自警的态度默应着。把这等话的心理解剖起来，里面含着这样的几个要素：（一）上海确是文明地，冠盖之区，要路津。（二）少年应当策高足，先据这要路津。（三）这就是吾人应走的前途。所谓闭门造车，也是具有这样的内容的话。怀着这样的思想的人，是因袭

---

① 意即扒手。

② 出上海，指到上海去。

的奴隶，是因袭的维持者。

闭门造车，是指说不符合门外的轨道的大小，造了不能在门外的轨道上运行的车。行车一定要在已成的轨道上吗？这已成的轨道确是引导我们走正路的吗？有了车不能造轨道的吗？在这“闭门造车”一句话里，分明表示着人们的依赖、因袭，和创造力多么薄弱。

不造则已，如果要造车，一定非闭门造不可。如果依照已成的轨道而造，所造出的车子和以前已有的车子一样，就在已成的轨道上随波逐流地去了。即使已有的车子是好的，已成的轨道是正的，造车的效力也不过加多了车，不是造车的进步。何况已有的车子或者不好，已成的轨道或者不正呢。

“好久不到都会了，好久不看报了，退步了。”这样说的人也有。实在，进步是前进的意思，进步越快，离社会越远，离社会越远，进步越深（这是厨川白村说的）。子路说道：“吾过矣，吾离群而索居，亦已久矣。”这便是子路所以为子路。

“山水间生活，有利亦有弊”，这大概是指清静、空气新鲜、生活程度低……是利。需要不便、寂寞、闭门造车……是弊。这是要计较两方的利弊长短而取舍的意思。这话的内容和“新思想并不恶、时势变更了不得已而然的。但从前的习惯一概不好，也不能说”的话同是乡愿的话。

这话的变形，就是“凡物都有明暗两方面的”。这话固然不错。但我觉得明暗是一体的。非但如此，明是因为有暗而益明的。仿佛绘画，明调子因暗调子而益美，暗调子因明调子而也美了。断不是明面好，暗面不好。如果取明而弃暗，就是Ruskin（罗斯金）所谓：“自然像日光和阴影相交一般混合着优劣两种要素，使双方相互地供给效用和势力的。所以除去阴影的画家，定要在他自己造出来的无荫的沙漠里烧死！”

爱一物，是兼爱它的明暗两方面。否，没有暗的明是不明的，是不可爱的。我往往觉得山水间的生活，因为需要不便而菜根更香，豆腐更肥。因为寂寥而邻人更亲。

且勿论都会的生活与山水间的生活孰优孰劣，孰利孰弊。人生随处皆不满，欲图解脱，唯于艺术中求之。

艺术三昧

有一次我看到吴昌硕写的一方字。觉得单看各笔画，并不好；单看各个字，各行字，也并不好。然而看这方字的全体，就觉得有一种说不出的好处。单看时觉得不好的地方，全体看时都变好，非此反不美了。

原来艺术品的这幅字，不是笔笔、字字、行行的集合，而是一个融合不可分解的全体。各笔各字各行，对于全体都是有机的，即为全体的一员。字的或大或小，或偏或正，或肥或瘦，或浓或淡，或刚或柔，都是全体构成上的必要，绝不是偶然的。即都是为全体而然，不是为个体自己而然的。于是我想象：假如有绝对完善的艺术品的字，必在任何一字或一笔里已经表出全体的倾向。如果把任何一字或一笔改变一个样子，全体也非统统改变不可；又如把任何一字或一笔除去，全体就不成立。换言之，在一笔中已经表出全体，在一笔中可以看出全体，而全体只是一个个体。

所以单看一笔、一字或一行，自然不行。这是伟大的艺术的特点。在绘画也是如此。中国画论中所谓“气韵生动”，就是这个意思。西洋印象画派的持论：“以前的西洋画都只是集许多幅小画而成一幅大画，毫无生气。艺术的绘画，非画面浑然融合不可。”在这点上想来，印象派的创生确是西洋绘画的进步。

这是一个不可思议的艺术的三昧境。在一点里可以窥见全体，而在全体中只见一个个体。所谓“一有多种，二无两般”（《碧岩录》），就是这个意思吧！这道理看似矛盾又玄妙，其实是艺术的一般的特色，美学上的所谓“多样的统一”，很可明了地解释。其意义：譬如有三只苹果，水果摊上的人把它们规则地并列起来，就是“统一”。只有统一是板滞的，是死的。小孩子把它们触乱，东西滚开，就是“多样”。只有多样是散漫的，是乱的。最后来了一个画家，要照着它们写生，给它们安排成一个可以入画的美的位置——两个靠拢在后方一边，余一个稍离开在前方——望去恰好的时候，就是所谓“多样的统一”，是美的。要统一，又要多样；要规则，又要不规则；要不规则的规则，规则的不规则；要一中有多；多中有一。这是艺术的三昧境！

宇宙是一大艺术。人何以只知鉴赏书画的小艺术，而不知鉴赏宇宙的大艺术呢？人何以不拿看书画的眼来看宇宙呢？如果拿看书画的眼来看宇宙，必可发见更大的三昧境。宇宙是一个浑然融合的全体，万象都是这全体的多样而统一的诸相。在万象的一点中，必可窥见宇宙的全体；而森罗的万象，只是一个个体。勃雷克的“一粒沙里见世界”，孟子的“万物皆备于我”，就是当作一大艺术而看宇宙的吧！艺术的字画中，没有可以独立存在的一笔。即宇宙间没有可以独立存在的事物。倘不为全体，各个体尽是虚幻而无意义了。那么这个“我”怎样呢？自然不是独立存在的小我，应该融入于宇宙全体的大我中，以造成这一大艺术。

肆……

人生无常，宠辱不惊

因误认而受敬，因误认而被骂。世间的毁誉荣辱，有许多是这样的。

无常之恸

无常之恸，大概是宗教启信的出发点吧。一切慷慨的，忍苦的，慈悲的，舍身的，宗教的行为，皆建筑在这一点心上。故佛教的要旨，被包括在这个十六字偈内：“诸行无常，是生灭法。生灭灭已，寂灭为乐。”这里下二句是佛教所特有的人生观与宇宙观，不足为一般人道；上两句却是可使谁都承认的一般公理，就是宗教启信的出发点的“无常之恸”。这种感情特强起来，会把人拉进宗教信仰中。但与宗教无缘的人，即使反宗教的人，其感情中也常有这种分子在那里活动着，不过强弱不同耳。

在醉心名利的人，如多数的官僚、商人，大概这点感情最弱。他们仿佛被荣誉及黄金蒙住了眼，急急忙忙地拉到鬼国里，在途中毫无认识自身的能力与余暇了。反之，在文艺者，尤其是诗人，尤其是中国的诗人，更尤其是中国古代的诗人，大概这点感情最强，引起他们这种感情的，大概是最能暗示生灭相的自然状态，例如春花、秋月，以及衰荣的种种变化。他们见了这些小小的变化，便会想起自然的意图、宇宙的秘密，以及人生的根柢，因而兴起无常之恸。在他们的读者——至少在我一个读者——往往觉到这些部分最可感动，最易共鸣。因为在人生的一切叹愿——如惜别，伤逝，失恋，坎坷等——中，没有比无常更普遍地为人人所共感的了。

《法华经》偈云：“诸法从本来，常示寂灭相。春至百花开，黄莺啼柳上。”这几句包括了一切诗人的无常之叹的动机。原来春花是最雄辩地表出无常相的东西。看花而感到绝对的喜悦的，只有醉生梦死之徒，感觉迟钝的痴人，不然，佯狂的乐天家。凡富有人性而认真的人，谁能对于这些昙花感到真心的满足？谁能不在这些泡影里照见自身的姿态呢？《古诗十九首》中有云：“伤彼蕙兰花，含英扬光辉。过时而不采，将随秋草萎。”大概是借花叹惜人生无常之滥觞。后人续弹此调者甚多。最普通传诵的，如：

“劝君莫惜金缕衣，劝君惜取少年时。花开堪折直须折，莫待无花空折枝！”（李锜妾）

“今年花似去年好，去年人到今年老。始知人老不如花，可惜落花君莫扫！（下略）”（岑参）

“一月主人笑几回？相逢相识且衔杯！眼看春色如流水，今日残花昨日开！”（崔惠童）

“梁园日暮乱飞鸦，极目萧条三两家。庭树不知人去尽，春来还发旧时花。”（岑参）

“越王宫里如花人，越水溪头采白蘋。白蘋未尽人先尽，谁见江南春复春？”（冷朝光）

慨惜花的易谢，妒羡花的再生，大概是此类诗中最普通的两种情怀。像“春风欲劝座中人，一片落红当眼坠。”“年年岁岁花相似，岁岁年年人不同。”便是用一两句话明快地道破这种情怀的好例。

最明显地表示春色，最力强地牵惹人心的杨柳，自来为引人感伤的名物。庾信的话是一个很好的例证：“昔年种柳，依依汉南。今看摇落，凄怆江潭。树犹如此，人何以堪？”在纸上读了这几句文句，已觉恻然于怀；何况亲眼看见其依依与凄怆的光景呢？唐人诗中，借杨柳或类似的树木为兴感之由，而慨叹人事无常的，不乏其例，亦不乏动人之力。像：

“江雨霏霏江草齐，六朝如梦鸟空啼。无情最是台城柳，依旧烟笼十里堤。”（韦庄）

“炀帝行宫汴水滨，数株残柳不胜春。晚来风起花如雪，飞入宫墙不见人。”（刘禹锡）

“梁苑隋堤事已空，万条犹舞旧春风。哪堪更想千年后，谁见杨花入汉宫？”（韩琮）

“入郭登桥出郭船，红楼日日柳年年。君王忍把平陈业，只博雷塘数亩田？”（罗隐《炀帝陵》）

“三十年前此院游，木兰花发院新修。如今再到经行处，树老无花僧白头。”（王播）

“汾阳旧宅今为寺，犹有当时歌舞楼。四十年来车马绝，古槐深巷暮蝉愁。”（张籍）

“门前不改旧山河，破虏曾轻马伏波。今日独经歌舞地，古槐疏冷夕阳多。”（赵嘏）

凡自然美皆能牵引有心人的感伤，不独花柳而已。花柳以外，最富于此种牵引力的，我想是月。因月兴感的好诗之多，不胜屈指。把记得起的几首写在这里：

“山围故国周遭在，潮打空城寂寞回。淮水东边旧时月，夜深还过女墙来。”（刘禹锡《石头城》）

“草遮回磴绝鸣鸾，云树深深碧殿寒。明月自来还自去，更无人倚玉栏杆。”（崔橹《华清宫》）

“旧苑荒台杨柳新，菱歌清唱不胜春。只今惟有西江月，曾照吴王宫里人。”（李白《苏台览古》）

“暮云收尽溢清寒，银汉无声转玉盘。此生此夜不长好，明月明年何处看？”（苏轼《阳关曲·中秋月》）

“独上江楼思悄然，月光如水水如天。同来玩月人何在？风景依稀似去年。”（赵嘏《江楼有感》）

由花柳兴感的，有以花柳自况之心，此心常转变为对花柳的怜惜与同情。由月兴感的，则完全出于妒羡之心，为了它终古如斯地高悬碧空，而用冷眼对下界的衰荣生灭作壁上观。但月的感人之力，一半也是夜的环境所助成的。夜的黑暗能把外物的诱惑遮住，使人专心于内省，耽于内省的人，往往慨念无常，心生悲感。更怎禁一个神秘幽玄的月亮的挑拨呢？故月明人静之夜，只要是敏感者，即使其生活毫无忧患而十分幸福，也会兴起惆怅。正如唐人诗所云："小院无人夜，烟斜月转明。清宵易惆怅，不必有离情。"

与万古常新的不朽的日月相比较，下界一切生灭，在敏感者的眼中都是可悲哀的状态。何况日月也不见得是不朽的东西呢？人类的理想中，不幸而有了"永远"这个幻象，因此在人生中平添了无穷的感慨。所谓"往事不堪回首"的一种情怀，在诗人——尤其是中国古代诗人——的笔上随时随处地流露着。有人反对这种态度，说是逃避现实，是无病呻吟，是老生常谈。不错，有不少的旧诗作者，曾经逃避现实而躲入过去的憧憬中或酒天地中；有不少的皮毛诗人曾经学了几句老生常谈而无病呻吟。然而真从无常之恸中发出来的感怀的佳作，其艺术的价值永远不朽——除非人生是永远朽的。会朽的人，对于眼前的衰荣兴废岂能漠然无所感动？"笙歌归院落，灯火下楼台。"这一点小暂的衰歇之象，已足使履霜坚冰的敏感者兴起无穷之慨；已足使顿悟的智慧者痛悟无常呢！这里我又想起的有四首好诗：

“寥落古行宫，宫花寂寞红。白头宫女在，闲坐说玄宗。”（元稹）

“朱雀桥边野草花，乌衣巷口夕阳斜。旧时王谢堂前燕，飞入寻常百姓家。”（刘禹锡）

“越王勾践破吴归，战士还家尽锦衣。宫女如花满春殿，只今惟有鹧鸪飞。”（李白）

“伤心欲问前朝事，惟见江流去不回。日暮东风春草绿，鹧鸪飞上越王台。”（窦巩）

这些都是极通常的诗，我幼时曾经无心地在私塾学童的无心的口上听熟过。现在它们却用了一种新的力而再现于我的心头。人们常说平凡中寓有至理。我现在觉得常见的诗中含有好诗。

其实“人生无常”，本身是一个平凡的至理。“回黄转绿世间多，后来新妇变为婆。”这些回转与变化，因为太多了，故看作当然时便当然而不足怪。但看作惊奇时，又无一不可惊奇。关于“人生无常”的话，我们在古人的书中常常读到，在今人的口上又常常听到。倘然你无心地读，无心地听，这些话都是陈腐不堪的老生常谈。但倘然你有心地读，有心地听，它们就没有一字不深深地刺入你的心中。古诗中有着许多痛快地咏叹“人生无常”的话，《古诗十九首》中就有了不少：

“人生寄一世，奄忽若飙尘。何不策高足，先据要路津？”

“浩浩阴阳移，年命如朝露。人生忽如寄，寿无金石固。万岁更相送，贤圣莫能度。”

“青青陵上柏，磊磊涧中石。人生天地间，忽如远行客。”

“人生非金石，岂能长寿考？奄忽随物化，荣名以为宝。”

此外我能想起也很多：

“对酒当歌，人生几何？譬如朝露，去日苦多。”（魏武帝）

“惊风飘白日，光景驰西流。盛时不可再，百年忽我遒。生存华屋处，零落归山丘。”（曹植）

“置酒高堂，悲歌临觞。人寿几何？逝如朝霜。时无重至，华不再阳。”（陆机）

“欢乐极兮哀情多，少壮几时兮奈老何！”（刘彻）

“采采荣木，结根于兹。晨耀其华，夕已丧之。人生若寄，憔悴有时。静言孔念，中心怅而。”（陶潜）

“朝为媚少年，夕暮成丑老。自非王子晋，谁能常美好？”（阮籍）

“君不见黄河之水天上来，奔流到海不复回？君不见高堂明镜悲白发，朝如青丝暮成雪？”（李白）

“白日何短短，百年苦易满。苍穹浩茫茫，万劫太极长。麻姑垂两鬓，一半已成霜。天公见玉女，大笑亿千场。吾欲揽六龙，回车挂扶桑。北斗酌美酒，劝龙各一觞。富贵非所愿，与人驻颜光。”（李白）

“美人为黄土，况乃粉黛假。当时侍金舆，故物独石马。忧来藉草坐，浩歌泪盈把。冉冉问征途，谁是长年者？”（杜甫）

“青山临黄河，下有长安道。世上名利人，相逢不知老。”（孟郊）

这些话，何等雄辩地向人说明“人生无常”之理！但在世间，“相逢不知老”的人毕竟太多，因此这些话都成了空言。现世宗教的衰颓，其原因大概在此。现世缺乏慷慨的，忍苦的，慈悲的，舍身的行为，其原因恐怕也在于此。

暂时脱离尘世

夏目漱石的小说《旅宿》（即《草枕》）中有一段话："苦痛、愤怒、叫嚣、哭泣，是附着在人世间的。我也在三十年间经历过来，此中况味尝得够腻了。腻了还要在戏剧、小说中反复体验同样的刺激，真吃不消。我所喜爱的诗，不是鼓吹世俗人情的东西，是放弃俗念，使心地暂时脱离尘世的诗。"

夏目漱石真是一个最像人的人。今世有许多人外貌是人，而实际很不像人，倒像一架机器。这架机器里装满着苦痛、愤怒、叫嚣、哭泣等力量，随时可以应用。即所谓"冰炭满怀抱"也。他们非但不觉得吃不消，并且认为做人应当如此，不，做机器应当如此。

我觉得这种人非常可怜，因为他们毕竟不是机器，而是人。他们也喜爱放弃俗念，使心地暂时脱离尘世。不然，他们为什么也喜欢休息，喜欢说笑呢？苦痛、愤怒、叫嚣、哭泣，是附着在人世间的，人当然不能避免。但请注意"暂时"这两个字，"暂时脱离尘世"，是快适的，是安乐的，是营养的。

陶渊明的《桃花源记》，大家知道是虚幻的，是乌托邦，但是大家喜欢一读，就为了他能使人暂时脱离尘世。《山海经》是荒唐的，然而颇有人爱读。陶渊明读后还咏了许多诗。这仿佛白日做梦，也可暂时脱离尘世。

铁工厂的技师放工回家，晚酌一杯，以慰尘劳。举头看见墙上挂着一大幅《冶金图》，此人如果不是机器，一定感到刺目。军人出征回来，看见家中挂着战争的画图，此人如果不是机器，也一定感到厌烦。从前有一科技师向我索画，指定要画儿童游戏。有一律师向我索画，指定要画西湖风景。此种些微小事，也竟有人萦心注目。二十世纪的人爱看表演千百年前故事的古装戏剧，也是这种心理。人生真乃意味深长！这使我常常怀念夏目漱石。

荣辱

为了一册速写簿遗忘在里湖的一爿小茶店里了，特地从城里坐黄包车去取。讲到[①]车钱来回小洋[②]四角。

这速写簿用廿五文一大张的报纸做成，旁边插着十几个铜板一支的铅笔。其本身的价值不及黄包车钱之半。我之所以是要取，为的是里面已经描了几幅画稿。本来画稿失掉了可以凭记忆而背摹；但这几幅偏生背摹不出，所以只得花了工夫和车钱去取。我坐在黄包车里心中有些儿忐忑。仔细记忆，觉得这的确是遗忘在那茶店里面第二只桌子的墙边的。记得当我离去时，茶店老板娘就坐在里面第一只桌子旁边，她一定看到这册速写簿，已经代我收藏了。即使她不收藏，第二个顾客坐到我这位置去吃茶，看到了这册东西一定不会拿走，而交老板娘收藏。因为到这

---

① 意即讲定。

② 当时除“法币”以外有一种二角银币，称为二角小洋，合铜板五十枚（“法币”二角为二角大洋，合铜板六十枚）。

茶店里吃茶的都是老主顾，而且都是劳动者，他们拿这东西去无用。况且他们曾见我在这里写生过好几次，都认识我，知道这是我的东西，一定不会吃没我[①]。我预卜这辆黄包车一定可以载了我和一册速写簿而归来。

车子走到湖边的马路上，望见前面有一个军人向我对面走来。我们隔着一条马路相向而行，不久这人渐渐和我相近。当他走到将要和我相遇的时候，他的革靴“嘎”的一响，立正，举手，向我行了一个有色有声的敬礼。我平生不曾当过军人，也没有吃粮的朋友，对于这种敬礼全然不惯，不知怎样对付才好，一刹那间心中混乱。但第二刹那我就决定不理睬他。因为我忽然悟到，这一定是他的长官走在我的后面，这敬礼与我是无关的。于是我不动声色地坐在车中，但把眼斜转去看他礼毕。我的车夫跑得正快，转瞬间我和这行礼者交手而过，背道而驰。我方才旋转头去，想看看我后面的受礼者是何等样人。不意后面并无车子，亦无行人，只有那个行礼者。他正也在回头看我，脸上表示愤怒之色，隔着二三丈的距离向我骂了一声悠长的“妈——的！”然后大踏步去了。我的车夫自从见我受了敬礼之后，拉得非常起劲。不久使我和这“妈——的”相去遥远了。

我最初以为这“妈——的”不是给我的，同先前的敬礼的不是给我一样。但立刻确定它们都是给我的。经过了一刹那间的惊

① 吃没，江南一带方言，意即吞没；吃没我，意即吞没我的东西。

异之后，我坐在黄包车里独自笑起来。大概这军人有着一位长官，也戴墨镜，留长须，穿蓝布衣，其相貌身材与我相像。所以他误把敬礼给了我。但他终于发觉我不是他的长官，所以又拿悠长的“妈——的”来取消他的敬礼。我笑过之后一时终觉不快。倘然世间的荣辱是数学的，则“我+敬礼-妈的=我”同“3+1-1=3”一样，在我没有得失，同没有这回事一样。但倘不是数学的而是图画的，则涂了一层黑色之后再涂一层白色上去取消它，纸上就堆着痕迹，或将变成灰色，不复是原来的素纸了。我没有冒领他的敬礼，当然也不受他的“妈——的”。但他的敬礼实非为我而行，而他的“妈——的”确是为我而发。故我虽不冒领敬礼，他却要我实收“妈——的”。无端被骂，觉得有些冤枉。

但我的不快立刻消去。因为归根究底，终是我的不是，为什么我要貌似他的长官，以致使他误认呢？昔夫子貌似了阳货，险些儿“性命交关”。我只受他一个“妈——的”，比较起来真是万幸了。况且我又因此得些便宜：那黄包车夫没有听见“妈——的”，自从见我受了军人的敬礼之后，拉得非常起劲。先前咕噜地说“来回四角太苦”，后来一声不响，出劲地拉我到小茶店里，等我取得了速写簿，又出劲地拉我回转。给他四角小洋，他一声不说；我却自动地添了他五个铜子。

我记录了这段奇遇之后，作如是想：因误认而受敬，因误认而被骂。世间的毁誉荣辱，有许多是这样的。

比较

有一次我同了一位朋友和他的孩子一同乘火车。

朋友的孩子，今年照西洋说法十三岁半，照中国说法十五岁了。这种不大不小的人，乘火车最感困难。给他买半票，违背了铁路局的定章，被查问时，只得撒谎；给他买全票呢，其实这孩子并不比别的十一二岁的孩子高大，似乎太吃亏了。朋友就给他买半票。

他携着这大孩子走出轧票处，轧票的轧着半票时，看看这孩子，说：“这孩子太大了！”但说过就算，我们也管自走了。到了火车中，孩子坐在他父亲身旁，我独自另坐一处，验票的验着半票，看看这孩子说：“他下回要买全票啊！”查票人去后，我的朋友对我说，省得啰唆，回去时给他买全票吧。我很赞成。

但回去时我们不知怎样一来，又给他买了半票。到了火车中方才想到。这回因为朋友手里提的东西太多，是我携着这孩子上车的。到了火车中，朋友因为要看守东西，独自坐在一处，他的孩子傍着我坐在另一处。回忆我携着他走出轧票处时，轧票的并没有说话。后来验票的来了，看看坐在我旁边的大孩子，也没有说话。下了车，又是我携着这孩子走，收票的，就是前次说“这孩子太大了”的轧票人，看看我携着的大孩子，也没有说话。

难道他们和我特别要好，就“马马虎虎”不索补票吗？不会的。出车站后我找寻这理由，苦思不得。这孩子却找寻出了，他说是他爸爸身体短小而我身体高大的缘故。不错！原来他的父亲身躯短小精干，名为大人，其实比他儿子高得半个头，而且粗得很有限。前回他和这矮小的父亲携着走，并着坐，相形之下，便见“孩子太大”，“下回要买全票啊”。这回他和我携着走，并着坐。我虽然并不魁梧颀伟，但是一个中等身材的人，穿的衣服又宽，看起来比他高大得多。相形之下，只见孩子很小，仅有买半票的资格了。

我确信了这理由之后，就像“回也闻一以知十”一般，推想到世间大小，高低，长短，厚薄，广狭，肥瘦，以至贫富，贵贱，苦乐，劳逸，美丑，贤愚，都不是绝对的，都是由“比较”而来的。而且“比较”之力伟大得极，一切人生的不满足也都是由于比较而生。今天比较之力使我们省进半张火车票的价钱，真不过是“小试其技”而已。怪不得，华租交界之处，华界的草棚傍着了租界的洋房看似格外低小，而租界的洋房傍着了华界的草棚看似格外高大。人行道上，中国人傍着了西洋人走路看似格外矮小；西洋人傍着了中国人走路看似格外高大。

这几天盛暑，我谈起了“比较”，便想到日本某画家的一套连环漫画。大意是这样：一、小资产阶级的青年夫妇二人到避暑的名胜地（譬如莫干山）找寻旅馆，因避暑人多，旅馆处处客满，夫妇二人手携皮箧和行杖，在途中彷徨，叹息：“唉！自己有别庄的人多么写意！像我们要临时找寻旅馆的，真是不便！”二、都市里的公司的职员开着电风扇，在室内办公；从窗中望见这对青年夫妇相偕乘专车赴避暑地去，叹息着说：“唉，有闲避暑的人多么写意！像我们，被职务所羁，每天坐在这里看电风扇摇头，真是没趣！”三、公司对面烟纸店里的老板摇着芭蕉扇坐在柜内，望见公司里的职员开着电风扇办公，叹息着说：“唉！有电风扇的人多么写意！像我们，不绝地摇这把破蒲扇，手腕几乎摇脱，汗水还是直流，真是晦气！”四、马路上拉黄包车的经过烟纸店门前，望见老板坐在柜内挥扇，叹息着说：“唉！坐在屋里摇扇子多么舒服！像我们，拉了这辆车子在大毒日头底下跑路，真是苦恼！”五、黄包车夫经过打铁店门口，铁匠司务看见了，叹息着说：“唉，这几天在路上拉车子多么爽快！像我们，天天在煤炉旁边被烤，这才受罪！”

我又想了自己过去的经验：十余年来，我住过许多地方。从前有一次住在山间，日用物品须得隔夜预先开好单子，托工人一早赴十余里外的小市镇去购办。第一，香烟须得整批地买。否则半夜深山，香烟绝粮，呼天不应，叫地不答，最怕。第二，酒须得买整坛的。否则喝得不痛不痒，不如不喝。买的时候总说买整坛又便宜又好。但结果是多喝了，喝醉了，又浪费又难过。第三，菜蔬必须有储藏。否则风雪载途，工人不能上市之日，得吃白饭；况且“有酒无肴”，如此佳兴何？其他如小食，药品，书籍，文具等，举凡一切日常生活的必需品，件件都要预先想到，早日置备；临时要得到的，至多只有青山绿水，清风明月。但我不幸而有了热烈的兴趣，这种兴趣常受环境的阻挠。例如忽然想到吃水烟好，立刻要买皮丝烟。等到明天工人带到皮丝烟时，我的水烟兴趣早已过去了。又如偶从箱箧中捡出一只铜香炉来，想起古人焚香默坐之趣，立刻要买线香来点。等到明天工人带到线香时，我的香炉已经不知放在什么地方了。有一个亲戚用一句故乡的俗语来形容我的脾气，叫作“话得讨饭好，连夜买只篮”。我自己颇承认，而且知道我平生的行事，大都是由“连夜买只篮”而开始的。那时候我住在山中，虽然以为清静也好，但当兴趣被阻挠的时候，不免羡慕市镇。我想，若得住在市镇里，要买什么，转瞬可以办到，岂不痛快？

后来我住在一个小镇上了。出门就是市场，只要有钱，这些商店里陈列着的无论什么东西，都有在五分钟或十分钟以内送到我手里的可能，以前住在山中时所感到的不满，一时都满足了。然而不久我又感到其他的不满：譬如夏天要些天然冰，没有办法；有了臭豆腐干要些辣酱油，没有办法；想到一本书立刻要买来读，没有办法。因为那小镇上没有冰厂、辣酱油和专门的书店，那时候我又羡慕城市的生活。设想住在大城市中，这些要求都能立刻满足，多么痛快。

后来我又移居在一个较大的城市中了。那里有对小市镇的商店做批发生意的种种专门的商店，也有天然冰厂。以前住在小市镇上时所感的不满，一时都满足了。然而不久我又感到其他的不满：譬如想买些人造冰，没有办法；想吃餐功德林素菜，没有办法；想买一本洋版书，没有办法。因为那大城市中没有人造冰厂、素菜馆和洋版书店。那时我又羡慕上海。设想住在上海，这些东西都可立刻办到，多么痛快。

我后来果然住在上海。以前大城市中所感的不满，一时都满足了。然而不久我又感到其他的不满：要买Schubert（舒伯特）的*Hark*，*Hark*，*The Lark*！（《看，看，云雀》）的蓄音片（唱片）来听听，走到外国乐器店去问，说道须向外国去定购。要找一位violin（小提琴）个人教授的教师，或研究会，没处去找。要买一瓶英国Newton（牛顿）公司制的水彩颜料vermilion（朱砂），最大的文具店里的穿洋装的职员向我摇头。那时候我又羡慕外国的都市生活。设想住在外国，这些要求都可立刻办到，多么痛快。

后来我住在日本的东京。以前住在上海时所感到的不满，一时都满足了。然而不久我又感到其他的不满：要买一册Lessing（莱辛）的名著*Laocoon*（《拉奥孔》），丸善书店也说要到西洋去定购。要买一个palette（调色板）兼水筒的袖珍水彩画箱，跑遍了文房堂，竹久屋……都说arimasen（没有）。要听俄罗斯国民乐派的交响乐，东京的音乐会所演奏的偏偏是德法浪漫乐派的作品居多。那时候我又羡慕西洋都市的生活。设想若得住在伦敦或纽约等处，这等要求大概都可立刻达到，真是何等痛快！

后来我并没有到西洋去；但也并不急急想去。假如去了，我知道最初一定很满足，但不久一定又要感到其他的不满。因为科学的企图，艺术的理想，文明的要求，人生的欲望，在世间绝没有完全实现的地方。人世间一切的满足都由于“比较”而来，一切的不满足也都由“比较”而生。最后我想起了李笠翁的话：

> 譬如夏月苦炎，明知为室庐卑小所致。偏向骄阳之下往来片时，然后步入室中。则觉暑气渐消，不似从前酷烈。若畏其湫溢而投宽处纳凉，及至归来，炎蒸又加了十倍矣。冬月苦冷，明知为墙垣单薄所致。故向风雪中行走一次，然后归庐返舍。则觉寒威顿减，不复凛冽如初。若避此荒凉而深居就燠，及其再入，战栗又作何状矣。由此类推，则所谓退步者，无地不有，无人不有。想至退步，乐境自生。在冬天行乐，必须设身处地，幻为路上行人，备受风雪之苦，然后回想在家。则无论寒燠晦明，皆有胜人百倍之乐矣。尝有画雪景山水，人持破伞，或策蹇驴，独行古道中，经过悬崖之下。石作狰狞之状，人有颠蹶之形者。此等险画，隆冬之月，正宜悬挂中堂。主人对之，即是御风障雪之屏，暖胃和衷之药。

在前面我“认真八分”[①]地举许多实例来说明“比较”之力，其实这道理早已被他用这“假痴假呆”的话来道破了。于是我不敢再啰唆地叙述，末了但作如是想：

“谁谓荼苦？”在“比较”之下“其甘如荠”。反转来说，“谁谓荠甘？”在“比较”之下“其苦如荼”。人的生活，有了“等差”，便有“比较”，有了“比较”，便有“苦乐”，有了“苦乐”，便有“问题”。

① 作者家乡话，意即非常认真。

渐

使人生圆滑进行的微妙的要素，莫如“渐”；造物主骗人的手段，也莫如“渐”。在不知不觉之中，天真烂漫的孩子“渐渐”变成野心勃勃的青年；慷慨豪侠的青年“渐渐”变成冷酷的成人；血气旺盛的成人“渐渐”变成顽固的老头子。因为其变更是渐进的，一年一年地、一月一月地、一日一日地、一时一时地、一分一分地、一秒一秒地渐进，犹如从斜度极缓的长远的山坡上走下来，使人不察其递降的痕迹，不见其各阶段的境界，而似乎觉得常在同样的地位，恒久不变，又无时不有生的意趣与价值，于是人生就被确实肯定而圆滑进行了。假使人生的进行不像山坡而像风琴的键板，由do忽然移到re，即如昨夜的孩子今朝忽然变成青年；或者像旋律的“接离进行”地由do忽然跳到mi，即如朝为青年而夕暮忽成老人，人一定要惊讶、感慨、悲伤，或痛感人生的无常，而不乐为人了。故可知人生是由“渐”维持的。这在女人恐怕尤为必要：歌剧中，舞台上的如花的少女，就是将来火炉旁边的老婆子。这句话，骤听使人不能相信，少女也不肯承认，实则现在的老婆子都是由如花的少女“渐渐”变成的。

人之能堪受境遇的变衰，也全靠这“渐”的助力。巨富的纨绔子弟因屡次破产而“渐渐”荡尽其家产，变为贫者；贫者只得做佣工，佣工往往变为奴隶，奴隶容易变为无赖，无赖与乞丐相去甚近，乞丐不妨做偷儿……这样的例，在小说中，在实际上，均多得很。因为其变衰是延长为十年二十年而一步一步地“渐渐”地达到的，在本人不感到有什么强烈的刺激。故虽到了饥寒病苦刑笞交迫的地步，仍是熙熙然贪恋着目前生的欢喜。假如一位千金之子忽然变成了乞丐或偷儿，这人一定愤不欲生了。

这真是大自然的神秘的原则，造物主的微妙的功夫！阴阳潜移，春秋代序，以及物类的衰荣生杀，无不暗合于这法则。由萌芽的春“渐渐”变成绿荫的夏，由凋零的秋“渐渐”变成枯寂的冬。我们虽已经历数十寒暑，但在围炉拥衾的冬夜仍是难以想象饮冰挥扇的夏日的心情；反之亦然。然而由冬一天一天地、一时一时地、一分一分地、一秒一秒地移向夏，由夏一天一天地、一时一时地、一分一分地、一秒一秒地移向冬，其间实在没有显著的痕迹可寻。昼夜也是如：傍晚坐在窗下看书，书页上“渐渐”地黑起来，倘不断地看下去（目力能因了光的渐弱而渐渐加强），几乎永远可以认识书页上的字迹，即不觉昼之已变为夜。黎明凭窗，不瞬目地注视东天，也不辨自夜向昼的推移的痕迹。儿女渐渐长大起来，在朝夕相见的父母全不觉得，难得见面的远亲就相见不相识了。往年除夕，我们曾在红蜡烛底下守候水仙花开放，真是痴态！倘水仙花果真当面开放给我们看，便是大自然的原则的破坏，宇宙的根本的摇动，世界人类的末日临到了。

“渐”的作用，就是用每步相差极微极缓的方法来隐蔽时间的过去与事物的变迁的痕迹，使人误认其为恒久不变。这真是造物主骗人的一大诡计！这有一件比喻的故事：某农夫每天朝晨抱了犊而跳过一沟，到田里去工作，夕暮又抱了它跳过沟回家。每日如此，未尝间断。过了一年，犊已渐大，渐重，差不多变成大牛，但农夫全不觉得，仍是抱了它跳沟。有一天他因事停止工作，次日再就不能抱了这牛而跳沟了。造物的骗人，使人流连于其每日每时的生的欢喜而不觉其变迁与辛苦，就是用这个方法的。人们每日在抱了日重一日的牛而跳沟，不准停止，自己误以为是不变的，其实每日在增加其苦劳！

我觉得时辰钟是人生的最好的象征了。时辰钟的针，平常一看总觉得是“不动”的，其实人造物中最常动的无过于时辰钟的针了。日常生活中的人生也如此。刻刻觉得我是我，似乎这“我”永远不变，实则与时辰钟的针一样的无常！一息尚存，总觉得我仍是我，我没有变，还是流连着我的生，可怜受尽“渐”的欺骗！

“渐”的本质是“时间”。时间，我觉得比空间更为不可思议，犹之时间艺术的音乐比空间艺术的绘画更为神秘。因为空间姑且不追究它如何广大或无限，我们总可以把握其一端，认定其一点。时间则全然无从把握，不可挽留，只有过去与未来在渺茫之中不绝地相追逐而已。性质上既已渺茫不可思议，分量上在人生也似乎太多。因为一般人对于时间的悟性，似乎只够支配搭船乘车的短时间；对于百年的长期间的寿命，他们不能胜任，往往迷于局部而不能顾及全体。试看乘火车的旅客中，常有明达的人，有的宁牺牲暂时的安乐而让其座位于老弱者，以求心的太平（或博暂时的美誉）；有的见众人争先下车，而退在后面，或高呼："勿要轧，总有得下去的！""大家都要下去的！"然而在乘"社会"或"世界"的大火车的"人生"的长期的旅客中，就少有这样的明达之人。所以我觉得百年的寿命，定得太长。像现在的世界上的人，倘定他们只有搭船乘车时长的寿命，也许在人类社会上可减少许多凶险残惨的争斗，而与火车中一样的谦让、和平，也未可知。

然人类中也有几个能胜任百年的或千古的寿命的人。那是"大人格""大人生"。他们能不为"渐"所迷，不为造物所欺，而收缩无限的时间并空间于方寸的心中。故佛家能纳须弥于芥子。中国古诗人（白居易）说："蜗牛角上争何事？石火光中寄此身。"英国诗人（Blake，勃雷克）也说："一粒沙里见世界，一朵花里见天国；手掌里盛住无限，一刹那便是永劫。"

惜春

不多天之前我在这里赞颂垂条的杨柳。现在柳条早已婆娑委地，杨花也已开始飘荡，春光将尽，我又来这里谈惜春的话了。

“惜春”这个题目何等风雅！古人的诗词里以此为题的不可胜计；今人也还在那里为此赋诗填词。绿肥红瘦，柳昏花冥，杜鹃啼血，流水飘红，再加上羁人、泪眼、伤心、断肠、离愁、病酒……惜春这件事主客观两方面应有的雅词，已经被前人反复说尽，我已无可再说了。现在为什么取这个题目来作文呢？也不过应应时，在五月号的杂志里写一个及时的题目，表面上好看些。这好比编小学教科书：秋季始业的，前几课讲月亮、蟋蟀、桂花、果实、农人割稻以及双十节，后几课讲棉衣、火炉、做糕、落雪以及贺年。春季始业的，前几课讲菜花、桃花、蝌蚪、种牛痘以及总理忌辰，后几课讲杀苍蝇、灭蚊虫、吃瓜、乘凉以及热天的卫生。似乎那些小学生个个是一年生的动物，在秋天不知有春，在春天不知有秋，所以非讲目前的情状不可的。我的读者不是小学生，其实不一定要讲目前的情状。但是随笔总得随我的笔，我的笔又总得随我的近感。我握笔为这杂志写这篇随笔的时候，但念不多天之前刚刚写了一篇赞颂初生的杨柳的文章，现在柳条早已婆娑委地，杨花也早已开始飘荡，觉得时光的过去真快得可惊！这期间一个多月的时光，我不知干了些什么。这一点近感便是我得这篇随笔的本意。题目不妨写作“惜时光”。但现在的时光是春天，也不妨写作“惜春”。

去年的春天，我曾在这杂志里谈过春天的冷暖不匀、晴雨无定以及种种不舒服。故春去在我不觉得足惜。所可惜者，只是时光的一去不返，不可挽留。我们好比乘坐火车，自己似觉静静地坐着，不曾走动一步，车子却载了你在那里飞奔。不知不觉之间，时时刻刻在那里减短你的前程。我曾经立意要不花钱，一天到晚坐在屋里，果然一钱也不花。我曾经立意要不费力，一天到晚躺在床里，果然一些力也不费。我曾经立意要不费电，晚上不开电灯，果然一度电也不费。我也曾经立意要不费时间，躲在床角里不动。然而壁上的时辰钟“的格的格”地告诉我，时间管自在那里耗费。于是我想，做了人真像“骑虎之势”，无法退缩或停留，只有努力地惜时光，积极地向前奋斗，直到时间的大限的来到。

生活上的苦闷和不幸，有时能使人对于时光觉得不可惜而可嫌，盼望它快些过去的。然而这是例外。人生总希望快乐。快乐的时间总希望其不要过得太快。回忆自己的学生时代，最快乐的时间是假期。星期六、星期日和纪念日小快乐，春假、年假和暑假大快乐。这也是世间一件矛盾的怪事：平常出了钱总希望多得几分货；只有读书，出了学费只希望少上几天课。试看假期前晚的学生们的狂喜，似觉他们所希望的最好是只缴学费而永不上课。于此足见读书这件事不是平常的买卖。不然，这件事正像斯蒂文森[①]的《自杀俱乐部》中的青年的行为：一面缴了四十镑的会费而做自杀俱乐部会员，一面又在抽签时热望自己永不抽着当死的签。试看星期一早上躺在床上的学生的尴尬脸孔，或暑假开学前一天的学生的没精打采，似觉他们对于赴校上课这件事看得真同赴死一样可怕。其实原是他们自己来寻死的。

我幼时在暑假的前几天感觉非常欢喜，好像有期徒刑的囚犯将被开释似的。又怀抱着莫大的希望，忙里偷闲地打算假期中的生活，整理假期中所要看的书籍。我想象五六十天的假期，似觉时光非常悠长，有无数的事件好干，无数的书可读，有无数时光可以和弟弟共戏，还有无数的余闲可和邻家的小朋友玩耍。本学期中欠熟达的功课，满望在这悠长的假期中习得完全精通。平日所希望修习而无暇阅读的书籍，在假期前都特地买好，满望在这悠长的假期中完全读毕。还有在教科书里看到的种种科学玩意儿，在校因没有时间和工具而未曾试做的，也都挑选出来，抄写在笔记簿上，满望在悠长的假期中完全做成，和弟弟们畅快地玩

---

① 即罗伯特·路易斯·史蒂文森（Robert Louis Stevenson，1850—1894），英国小说家，代表作有《金银岛》等。

要。五六十天的假期，在我望去好像一只宽紧带结成的袋子，不拘多少东西，尽管装得进去。

放假的一天，我背了这只宽紧带结成的无形大袋子而欣然地回家。回到半年不见的家里，觉得样样新鲜，暂把这无形的大袋搁一搁再说。初到的几天因为路途风霜，当然完全休息。后来多时不见的姑母来做客了，母亲热诚地招待她，假期中的我当然奉陪，闲谈几天。后来姑母邀请我去做客，母亲说我年年出门求学，难得放假回家，至亲至眷应该去访问访问，我一去就是四五天乃至六七天。回家又应该休息几天。后来，天气太热，中了暑发些轻痧，竹榻上一困又是几天。病起又休息几天。本镇有戏文，当然去看几天。戏文场上遇见几位小学时代的同学，多时不见，留着款待几天。送往了同学，迎来了一年不见的二姐、姐丈和外甥们，于是杀鸡置酒，大家欢聚半个月乃至二十天。二姐回家时带了我去，我这回做客一去又是四五天乃至六七天。回家当然又是休息几天。屈指一算，离暑假开学已经只有十来天了。横竖如此，这十来天索性闲玩过去吧。到了开学的前一天，我整理行装，看见于假前所记录着的一纸假期工作表，所准备着的一束假期应读的书，所选定着的假期中拟制之玩具的说明图，都照携回家时的原样放置在网篮里，搁置在书桌旁的两只长凳上，上面积着厚厚的一层灰尘。蹉跎的懊恼和乐尽的悲哀交混在我的心头，使我感到一种不可名状的不快。次日带了这种不快而辞家到校，重新开始那囚犯似的学校生活。

第二次假期前几天，我仍是那样地欢喜，再结起一只宽紧带的大袋子来，又把预定的假期工作多多益善地装进去，背了它欣然地回家。我的意思以为第一次没有经验，安排得不好，以致蹉跎过去；这回我定要好好地安排：客人不必多应酬，或竟不见；做客少住几天，或竟不去；戏不应该看；病不应该生。这样安排，一定有许多书好看，许多事可做。然而回到家里，不知怎样一来，又同第一次一样，这里几天，那里几天，距开学又只十来天了。于是再带了蹉跎的懊恼和乐尽的悲哀所混成的一种不可名状的不快而整理行装，离家到校。

这样的经历反复了数次，我方才悟到预期的不可靠与事实的无可奈何，于是停止这种如意算盘。青年人少不更事，往往向美丽的未来中打很大的如意算盘。他们以为假期有五六十天的悠长的日月，看薄薄的几册书，算什么呢？然而日子自己会很快地过去，而书的page（页）不会自动地翻过。宽紧带的袋子看似可以无限地装得进去，但毕竟是硬装的，原来的容量其实很小。我经历了几次如意算盘的失败之后，才知道凡事须靠现在努力工作。现在工作一小时，得益一小时，工作二小时，得益二小时。与其费心于未来的预期，不如现在拿这点工夫来用功。以后每逢假期，我不再准备假期工作。遵守西洋格言Work while work, play while play[①]的教训，我预备玩过一暑假。却不意在暑假中也

① 英国谚语，大意是：该玩耍时痛快地玩耍，该工作时专心工作。

看完了几部小说。开学时回顾，好像得了一笔意外的收入，格外愉快。

青年们在校时不用功，往往预期出校后自行补修；或者在就业后抽闲补习。他们打定了这个如意算盘之后，在校时索性不用功了。他们想：出校后岁月悠长，无拘无束；横竖要从头补修过，现在索性放弃吧。但是，据我所见，他们这预期往往同我的假期工作的预期同一运命，总是不会实现的。他们没有预计到出校后的种种繁忙，同我没有预计到假期回家后的种种应酬一样。职业、生计、恋爱、婚姻、子女……种种人事拥挤在他们出校后的日月中，使他们没有工夫补修在校时未了的课业。试看社会上就业的成人们的学问知识，恐怕十人中有九人所有的只是青年时代在学校中所收得的一点。靠出校后自己补修而增进学识的，十人中不过一人而已。可知青年求学时代所获得的一点学识，是人生教养的基本。后来的见闻虽然也使你增进些知识，但只是枝叶，人生修养的基本只限于青年求学时代所得的一点。

我自己青年时代没有好好地受教育，年长后常感知识不全之苦。几何三角的问题我不会解，物理化学的公式我看不懂，专门科学的书我都读不下去。屡次希望补修，至今不能实践。古人云："看来四十犹如此，便到百年已可知。"我离四十只有两年，大概此生不会有能解三角几何问题，能懂物理化学公式，能读专门科学书籍的日子了！人生倘有来世，我的来世倘能投人，投了人倘能记忆这篇文章，我定要好好地度送我的青年时代，多收得些学识，造成一个人生的巩固的基础。我此生中的青年已经过去，无法挽回，只有借了惜春的题目，在这里痛惜一下算了。假如这些话能给正在青年期的读者们一些警励，那便似以前在假期中看完了几部小说，好像得了一笔意外的收入，格外愉快。

秋

我的年岁上冠用了“三十”二字，至今已两年了。不解达观的我，从这两个字上受到了不少的暗示与影响。虽然明明觉得自己的体格与精力比二十九岁时全然没有什么差异，“三十”这一个观念笼在头上，犹之张了一顶阳伞，使我的全身蒙了一个暗淡色的阴影，又仿佛在日历上撕过了立秋的一页以后，虽然太阳的炎威依然没有减却，寒暑表上的热度依然没有降低，然而只当得余威与残暑，或霜降木落的先驱，大地的节候已从今移交于秋了。

实际，我两年来的心情与秋最容易调和而融合。这情形与从前不同。在往年，我只慕春天。我最欢喜杨柳与燕子。尤其欢喜初染鹅黄的嫩柳。我曾经名自己的寓居为“小杨柳屋”，曾经画了许多杨柳燕子的画，又曾经摘取秀长的柳叶，在厚纸上裱成各种风调的眉，想象这等眉的所有者的颜貌，而在其下面添描出眼鼻与口。那时候我每逢早春时节，正月二月之交，看见杨柳枝的线条上挂了细珠，带了隐隐的青色而“遥看近却无”的时候，我心中便充满了一种狂喜，这狂喜又立刻变成焦虑，似乎常常在说：“春来了！不要放过！赶快设法招待它，享乐它，永远留住它。”我读了“良辰美景奈何天”等句，曾经真心地感动，以为古人都太息一春的虚度，前车可鉴！到我手里决不放它空过了。最是逢到了古人惋惜最深的寒食清明，我心中的焦灼便更甚。那一天我总想有一种足以充分酬偿这佳节的举行。我准拟作诗、作画，或痛饮、漫游。虽然大多不被实行，或实行而全无效果，反而中了酒，闹了事，换得了不快的回忆；但我总不灰心，总觉得春的可恋。我心中似乎只有知道春，别的三季在我都当作春的预备，或待春的休息时间，全然不曾注意到它们的存在与意义。而对于秋，尤无感觉：因为夏连续在春的后面，在我可当作春的过剩；冬先行在春的前面，在我可当作春的准备；独有与春全无关联的秋，在我心中一向没有它的位置。

自从我的年龄告了立秋以后，两年来的心境完全转了一个方向，也变成秋天了。然而情形与前不同：并不是在秋日感到像昔日的狂喜与焦灼。我只觉得一到秋天，自己的心境便十分调和。非但没有那种狂喜与焦灼，且常常被秋风秋雨秋色秋光所吸引而融化在秋中，暂时失却了自己的所在。而对于春，又并非像昔日对于秋的无感觉。我现在对于春非常厌恶。每当万象回春的时候，看到群花的斗艳，蜂蝶的扰攘以及草木昆虫等到处争先恐后地滋生繁殖的状态，我觉得天地间的凡庸、贪婪、无耻与愚痴，无过于此了！尤其在青春的时候，看到柳条上挂了隐隐的绿珠，桃枝上着了点的红斑，最使我觉得可笑又可怜。我想唤醒一个花蕊来对它说：“啊！你也来反复这老调了！我眼看见你的无数祖先，个个同你一样地出世，个个努力发展，争荣竞秀；不久没有一个不憔悴而化泥尘。你何苦也来反复这老调呢？如今你已长了这孽根，将来看你弄娇弄艳，装笑装颦，招致了蹂躏、摧残、攀折之苦，而步你的祖先们的后尘！”

实际，迎送了三十几次的春来春去的人，对于花事早已看得厌倦，感觉已经麻木，热情已经冷却，绝不会再像初见世面的青年少女地为花的幻姿所诱惑而赞之、叹之、怜之、惜之了。况且天地万物，没有一件逃得出荣枯、盛衰、生灭、有无之理。过去的历史昭然地证明着这一点，无须我们再说。古来无数的诗人千篇一律地为伤春惜花费词，这种效颦也觉得可厌。假如要我对于世间的生荣死灭费一点词，我觉得生荣不足道，而宁愿欢喜赞叹一切的死灭。对于前者的贪婪、愚昧与怯弱，后者的态度何等谦逊、悟达而伟大！我对于春与秋的舍取，也是为了这一点。

夏目漱石三十岁的时候，曾经这样说：“人生二十而知有生的利益；二十五而知有明之处必有暗；至于三十的今日，更知明多之处暗亦多，欢浓之时愁亦重。”我现在对于这话也深抱同感；有时又觉得三十的特征不止这一端，其更特殊的是对于死的体感。青年们恋爱不遂的时候惯说生生死死，然而这不过是知有“死”的一回事而已，不是体感。犹之在饮冰挥扇的夏日，不能体感到围炉拥衾的冬夜的滋味。就是我们阅历了三十几度寒暑的人，在前几天的炎阳之下也无论如何感不到浴日的滋味。围炉、拥衾、浴日等事，在夏天的人的心中只是一种空虚的知识，不过晓得将来须有这些事而已，但是不能体感它们的滋味。须得入了秋天，炎阳逞尽了威势而渐渐退却，汗水浸胖了的肌肤渐渐收缩，身穿单衣似乎要打寒噤，而手触法兰绒觉得快适的时候，于是围炉、拥衾、浴日等知识方能渐渐融入体验界中而化为体感。我的年龄告了立秋以后，心境中所起的最特殊的状态便是这对于“死”的体感。以前我的思虑真疏浅！以为春可以常在人间，人可以永在青年，竟完全没有想到死。又以为人生的意义只在于生，而我的一生最有意义，似乎我是不会死的。直到现在，仗了秋的慈光的鉴照，死的灵气钟育，才知道生的甘苦悲欢，是天地间反复过亿万次的老调，又何足珍惜？我但求此生的平安地度送与脱出而已，犹之罹了疯狂的人，病中的颠倒迷离何足计较？但求其去病而已。

我正要搁笔，忽然西窗外黑云弥漫，天际闪出一道电光，发出隐隐的雷声，骤然洒下一阵夹着冰雹的秋雨。啊！原来立秋过得不多天，秋心稚嫩而未曾老练，不免还有这种不调和的现象，可怕哉！

初冬浴日漫感

离开故居一两个月，一旦归来，坐到南窗下的书桌旁时第一感到异样的，是小半书桌的太阳光。原来夏已去，秋正尽，初冬方到。窗外的太阳已随分南倾了。

把椅子靠在窗缘上，背着窗坐了看书，太阳光笼罩了我的上半身。它非但不像一两月前地使我讨厌，反使我觉得暖烘烘地快适。这一切生命之母的太阳似乎正在把一种祛病延年、起死回生的乳汁，通过了它的光线而流注到我的体中来。

我掩卷冥想：我吃惊于自己的感觉，为什么忽然这样变了？前日之所恶变成了今日之所欢；前日之所弃变成了今日之所求；前日之仇变成了今日之恩。张眼望见了弃置在高阁上的扇子，又吃一惊。前日之所欢变成了今日之所恶；前日之所求变成了今日之所弃；前日之恩变成了今日之仇。

忽又自笑：“夏日可畏，冬日可爱”，以及“团扇弃捐”乃古之名言，夫人皆知，又何足吃惊？于是我的理智屈服了。但是我的感觉仍不屈服，觉得当此炎凉递变的交代期上，自有一种异样的感觉，足以使我吃惊。这仿佛是太阳已经落山而天还没有全黑的傍晚时光：我们还可以感到昼，同时已可以感到夜。又好比一脚已跨上船而一脚尚在岸上的登舟时光：我们还可以感到陆，同时已可以感到水。我们在夜里固皆知道有昼，在船上固皆知道有陆，但只是“知道”而已，不是“实感”。我久被初冬的日光笼罩在南窗下，身上发出汗来，渐渐润湿了衬衣。当此之时，浴日的“实感”与挥扇的“实感”在我身中混成一气，这不是可吃惊的经验吗？

于是我索性抛书，躺在墙角的藤椅里，用了这种混成的实感而环视室中，觉得有许多东西大变了相。有的东西变好了：像这个房间，在夏天常嫌其太小，洞开了一切窗门，还不够，几乎想拆去墙壁才好。但现在忽然大起来，大得很！不久将要用屏帏把它隔小来了。又如案上这把热水壶，以前曾被茶缸驱逐到碗橱的角里，现在又像纪念碑似的矗立在眼前了。棉被从前在伏日里晒的时候，大家讨嫌它既笨且厚；现在铺在床里，忽然使人悦目，样子也薄起来了。沙发椅子曾经想卖掉，现在幸而没有人买去。从前曾经想替黑猫脱下皮袍子，现在却羡慕它了。反之，有的东西变坏了：像风，从前人遇到了它都称“快哉！”欢迎它进来，现在渐渐拒绝它，不久要像防贼一样严防它入室了。又如竹榻，以前曾为众人所宝，极一时之荣，现在已无人问津，形容枯槁，毫无生气了。壁上一张汽水广告画。角上画着一大瓶汽水和一只泛溢着白泡沫的玻璃杯，下面画着海水浴图。以前望见汽水图口角生津，看了海水浴图恨不得自己做了画中人，现在这幅画几乎使人打寒噤了。裸体的洋团团趺坐在窗口的小书架上，以前觉得它太写意，现在看它可怜起来。希腊古代名雕的石膏模型Venus（维纳斯）立像，把裙子褪在大腿边，高高地独立在凌空的花盆架上。我在夏天看见她的脸孔是带笑的，这几天望去忽觉其容有蹙，好像在悲叹她自己失却了两只手臂，无法拉起裙子来御寒。

其实，物何尝变相？是我自己的感觉变叛了。感觉何以能变叛？是自然教它的。自然的命令何其严重：夏天不由你不爱风，冬天不由你不爱日。自然的命令又何其滑稽：在夏天定要你赞颂冬天所诅咒的，在冬天定要你诅咒夏天所赞颂的！

人生也有冬夏。童年如夏，成年如冬；或少壮如夏，老大如冬。在人生的冬夏，自然也常教人的感觉变叛，其命令也有这般严重，又这般滑稽。

晨梦

我常常在梦中晓得自己做梦。晨间，将醒未醒的时候，这种情形最多，这不是我一人独有的奇癖，讲出来常常有人表示同感。

近来我尤多经验这种情形：我妻到故乡去作长期的归宁，把两个小孩子留剩在这里，交托我管。我每晚要同他们一同睡觉。他们先睡，九点钟定静，我开始读书、作文，往往过了半夜，才钻进他们的被窝里。天一亮，小孩子就醒，像鸟儿地在我耳边喧聒，又不绝地催我起身。然这时候我正在晨梦，一面隐隐地听见他们的喧聒，一面作梦中的遨游。他们叫我不醒，将嘴巴合在我的耳朵上，大声疾呼："爸爸！起身了！"立刻把我从梦境里拉出。有时我的梦正达于兴味的高潮，或还没有告段落，就回他们话，叫他们再唱一曲歌，让我睡一歇，连忙蒙上被头，继续进行我的梦游。这的确会继续进行，甚且打断两三次也不妨。不过那时候的情形很奇特：一面寻找梦的头绪，继续演进，一面又能隐隐地听见他们的唱歌声的片断。即一面在热心地做梦中的事，一面又知道这是虚幻的梦。有梦游的假我，同时又有伴小孩子睡着的真我。

但到了孩子大哭，或梦完结了的时候，我也就毅然地起身了。披衣下床，“今日有何要务”的真我的正念凝集心头的时候，梦中的妄念立刻被排出意外，谁还留恋或计较呢？

“人生如梦”，这话是古人所早已道破的，又是一切人所痛感而承认的。那么我们的人生，都是——同我的晨梦一样——在梦中晓得自己做梦的了。这念头一起，疑惑与悲哀的感情就支配了我的全体，使我终于无可自解，无可自慰。往往没有穷究的勇气，就把它暂搁在一旁，得过且过地过几天再说。这想来也不是我一人的私见，讲出来一定有许多人表示同感吧！

因为这是众目昭彰的一件事：无穷大的宇宙间的七尺之躯，与无穷久的浩劫中的数十年，而能上穷星界的秘密，下探大地的宝藏，建设诗歌的美丽的国土，开拓哲学的神秘的境地。然而一到这脆弱的躯壳损坏而朽腐的时候，这伟大的心灵就一去无迹，永远没有这回事了。这个“我”的儿时的欢笑，青年的憧憬，中年的哀乐，名誉，财产，恋爱……在当时何等认真，何等郑重；然而到了那一天，全没有“我”的一回事了！哀哉，“人生如梦”！

然而回看人世，又觉得非常诧异：在我们以前，“人生”已被反复了数千万遍，都像昙花泡影地倏现倏灭。大家一面明明知道自己也是如此，一面却又置若不知，毫不怀疑地热心做人——

做官的热心办公，做兵的热心体操，做商的热心算盘，做教师的热心上课，做车夫的热心拉车，做厨房的热心烧饭……还有做学生的热心求知识，以预备做人——这明明是自杀，慢性的自杀！

这便是为了人生的饱暖的愉快，恋爱的甘美，结婚的幸福，爵禄富厚的荣耀，把我们骗住，致使我们无暇回想，流连忘返，得过且过，提不起穷究人生的根本的勇气，糊涂到死。

“人生如梦！”不要把这句话当作文学上的装饰的丽句！这是当头的棒喝！古人所道破，我们所痛感而承认的。我们的人生的大梦，确是——同我的晨梦一样——在梦中晓得自己做梦的。我们一面在热心地做梦中的事，一面又知道这是虚幻的梦。我们有梦中的假我，又有本来的“真我”。我们毅然起身，披衣下床，真我的正念凝集于心头的时候，梦中的妄念立刻被置之一笑，谁还留恋或计较呢？

同梦的朋友们！我们都有“真我”的，不要忘记了这个“真我”，而沉酣于虚幻的梦中！我们要在梦中晓得自己做梦，而常常找寻这个“真我”的所在。

湖畔夜饮

前天晚上，四位来西湖游春的朋友，在我的湖畔小屋里饮酒。酒阑人散，皓月当空。湖水如镜，花影满堤。我送客出门，舍不得这湖上的春月，也向湖畔散步去了。柳荫下一条石凳，空着等我去坐，我就坐了，想起小时在学校里唱的春月歌：“春夜有明月，都作欢喜相。每当灯火中，团团清辉上。人月交相庆，花月并生光。有酒不得饮，举杯献高堂。”觉得这歌词温柔敦厚，可爱得很！又念现在的小学生，唱的歌粗浅俚鄙，没有福分唱这样的好歌，可惜得很！回味那歌的最后两句，觉得我高堂俱亡，虽有美酒，无处可献，又感伤得很！三个“得很”逼得我立起身来，缓步回家。不然，恐怕把老泪掉在湖堤上，要被月魄花灵所笑了。

回进家门，家中人说，我送客出门之后，有一上海客人来访，其人名叫CT[①]，住在葛岭饭店。家中人告诉他，我在湖畔看

---

① CT即郑振铎。

月，他就向湖畔去找我了。这是半小时以前的事，此刻时钟已指十时半。我想，CT找我不到，一定已经回旅馆去歇息了。当夜我就不去找他，管自睡觉了。第二天早晨，我到葛岭饭店去找他，他已经出门，茶役正在打扫他的房间。我留了一张名片，请他正午或晚上来我家共饮。正午，他没有来。晚上，他又没有来。料想他这上海人难得到杭州来，一见西湖，就整日寻花问柳，不回旅馆，没有看见我留在旅馆里的名片。我就独酌，照例倾尽一斤。

黄昏八点钟，我正在酩酊之余，CT来了。阔别十年，多经浩劫，他反而胖了，反而年轻了。他说我也还是老样子，不过头发白些。“十年离乱后，长大一相逢，问姓惊初见，称名忆旧容。”这诗句虽好，我们可以不唱。略略几句寒暄之后，我问他吃夜饭没有。他说，他是在湖滨吃了夜饭——也饮一斤酒——不回旅馆，一直来看我的。我留在他旅馆里的名片，他根本没有看到。我肚里的一斤酒，在这位青年时代共我在上海豪饮的老朋友面前，立刻消解得干干净净，清清醒醒。我说：“我们再吃酒！”他说：“好，不要什么菜蔬。”窗外有些微雨，月色朦胧。西湖不像昨夜的开颜发艳，却有另一种轻颦浅笑，温润静穆的姿态。昨夜宜于到湖边步月，今夜宜于在灯前和老友共饮。“夜雨剪春韭”，多么动人的诗句！可惜我没有家园，不曾种韭。即使我有园种韭，这晚上也不想去剪来和CT下酒。因为实际的韭菜，远不及诗中的韭菜好吃。照诗句实行，是多么愚笨的事呀！

女仆端了一壶酒和四只盆子出来，酱鸭、酱肉、皮蛋和花生米，放在收音机旁的方桌上。我和CT就对坐饮酒。收音机上面的墙上，正好贴着一首我写的，数学家苏步青的诗：“草草杯盘共一欢，莫因柴米话辛酸。春风已绿门前草，且耐余寒放眼看。”有了这诗，酒味特别的好。我觉得世间最好的酒肴，莫如诗句。而数学家的诗句，滋味尤为纯正。因为我又觉得，别的事都可有专家，而诗不可有专家。因为作诗就是做人。人做得好的，诗也作得好。倘说作诗有专家，非专家不能作诗，就好比说做人有专家，非专家不能做人，岂不可笑？因此，有些“专家”的诗，我不爱读。因为他们往往爱用古典，蹈袭传统；咬文嚼字，卖弄玄虚；扭扭捏捏，装腔作势；甚至神经过敏，出神见鬼。而非专家的诗，倒是直直落落，明明白白，天真自然，纯正朴茂，可爱得很。樽前有了苏步青的诗，桌上酱鸭，酱肉，皮蛋和花生米，味同嚼蜡；唾弃不足惜了！

我和CT共饮，另外还有一种美味的酒肴！就是话旧。阔别十年，身经浩劫。他沦陷在孤岛上，我奔走于万山中。可惊可喜，可歌可泣的话，越谈越多。谈到酒酣耳热的时候，话声都变了呼号叫啸，把睡在隔壁房间里的人都惊醒。谈到二十余年前他在宝山路商务印书馆当编辑，我在江湾立达学园教课时的事，他要看看我的子女阿宝，软软和瞻瞻——《子恺漫画》里的三个主角，幼时他都见过的。瞻瞻现在叫作丰华瞻，正在北平北大研究院，我叫不到；阿宝和软软现在叫丰陈宝和丰宁馨，已经大学毕业而在中学教课了，此刻正在厢房里和她们的弟妹们练习平剧（京剧）！我就喊她们来“参见”。CT用手在桌子旁边的地上比比，说：“我在江湾看见你们时，只有这么高。”她们笑了，我们也笑了。这种笑的滋味，半甜半苦，半喜半悲。所谓“人生的滋味”，在这里可以浓烈地尝到。CT叫阿宝“大小姐”，叫软软“三小姐”。我说：“《花生米不满足》《瞻瞻新官人，软软新娘子，宝姐姐做媒人》《阿宝两只脚，凳子四只脚》等画，都是你从我的墙壁上揭去，制了锌板在《文学周报》上发表的，你这老前辈对她们小孩子又有什么客气？依旧叫‘阿宝’‘软软’好了。”大家都笑。人生的滋味，在这里又浓烈地尝到了。我们就默默地干了两杯。我见CT的豪饮，不减二十余年前。我回忆起了二十余年前的一件旧事，有一天，我在日升楼前，遇见CT。他拉住我的手说：“子恺，我们吃西菜去。”我说“好的”。他就同我向西走，走到新世界对面的晋隆西菜馆楼上，点了两客公司菜。外加一瓶白兰地。吃完之后，仆欧[①]送账单来。CT对我说：“你身上有钱吗？”我说：“有！”摸出一张五元钞票来，把账付了。于是一同下楼，各自回家——他回到闸北，我回到江湾。过了一天，CT到江湾来看我，摸出一张拾元钞票来，说：“前天要你付账，今天我还你。”我惊奇而又发笑，说：“账付过算

① 英文 boy 的音译，意为侍者。

了，何必还我？更何必加倍还我呢？”我定要把拾元钞票塞进他的西装袋里去，他定要拒绝。坐在旁边的立达同事刘薰宇，就过来抢了这张钞票去，说：“不要客气，拿到新江湾小店里去吃酒吧！”大家赞成。于是号召了七八个人，夏丏尊先生、匡互生、方光焘都在内，到新江湾的小酒店里去吃酒。吃完这张拾元钞票时，大家都已烂醉了。此情此景，憬然在目。如今夏先生和匡互生均已作古，刘薰宇远在贵阳，方光焘不知又在何处。只有CT仍旧在这里和我共饮。这岂非人世难得之事！我们又浮两大白。

夜阑饮散，春雨绵绵。我留CT宿在我家，他一定要回旅馆。我给他一把伞，看他的高大的身子在湖畔柳荫下的细雨中渐渐地消失了。我想：“他明天不要拿两把伞来还我！”

伯豪之死

伯豪是我十六岁时在杭州师范学校的同班友，他与我同年被取入这师范学校。这一年取入的预科新生共八十余人，分为甲乙两班。不知因了什么妙缘，我与他被同编在甲班。那学校全体学生共有四五百人，共分十班。其自修室的分配，不照班次，乃由舍监先生的旨意而混合编排，故每一室二十四人中，自预科至四年级的各班学生都含有。这是根据了联络感情、切磋学问等教育方针而施行的办法。

我初入学校，颇有人生地疏、举目无亲之慨。我的领域限于一个被指定的座位，我的所有物尽在一只抽斗内，此外都是不见惯的情形与不相识的同学——多数是先进山门的老学生。他们在纵谈、大笑，或吃饼饵。有时用奇妙的眼色注视我们几个新学生，又向伴侣中讲几句我们所不懂的、暗号的话，似讥讽又似嘲笑。我枯坐着觉得很不自然。望见斜对面有一个人也枯坐着，看他的模样也是新生。我就开始和他说话，他是我最初相识的一个同学，他就是伯豪，他的姓名是杨家隽，他是余姚人。

自修室的楼上是寝室。自修室每间容二十四人，寝室每间只容十八人，而人的分配上顺序相同。这结果，犹如甲乙丙丁的天干与子丑寅卯的地支的配合，逐渐相差，同自修室的人不一定同寝室。我与伯豪便是如此，我们二人的眠床隔一堵一尺厚的墙壁。当时我们对于眠床的关系，差不多只限于睡觉的期间。因为寝室的规则，每晚九点半钟开了总门，十点钟就熄灯。学生一进寝室，须得立刻钻进眠床中。明天六七点钟寝室总长就吹着警笛往来于长廊中，把一切学生从眠床中吹出，立刻锁闭总门。自此至晚间九点半的整日间，我们的归宿之处，只有半只书桌（自修室里两人合用一书桌）和一只板椅子的座位。所以我们对于这甘美的休息所的眠床，觉得很可恋；睡前虽然只有几分钟的光明，我们不肯立刻钻进眠床中，而总是凑集几个朋友来坐在床沿上谈笑一回，宁可暗中就寝。我与伯豪不幸隔断了一堵墙壁，不能联榻谈话。我们常常走到房门外面的长廊中，靠在窗沿上谈话，有时一直谈到熄灯之后，周围的沉默显著地衬出了我们的谈话声的时候，伯豪口中低唱着“众人皆睡，而我们独醒”而和我分手，各自暗中就寝。

伯豪的年龄比我稍大一些，但我已记不清楚。我现在回想起来，他那时候虽然只有十七八岁，已具有深刻冷静的脑筋与卓绝不凡的志向，处处见得他是一个头脑清楚而个性强明的少年。我那时候真不过是一个年幼无知的小学生，胸中了无一点志向，眼前没有自己的路，只是因袭于传统的一个忠仆，在学校中犹之一架随人运转的用功的机器。我的攀交伯豪，并不是能赏识他的器量，仅为了他是我最初认识的同学。他的不弃我，想来也是为了最初相识的缘故，绝不是有所许于我——至多他看我是一个本色的小孩子，还肯用功，所以喜欢和我谈话而已。

这些谈话使我们的交情渐渐深切起来了。有一次我曾经对他说起我的投考的情形，我说："我此次一共投考了三个学校，第一中学、甲种商业和这个师范学校。"他问我："为什么考了三个？"我率然地说道："因为我胆小呀！恐怕不取，回家不是倒霉？我在小学校里是最优等第一名毕业的；但是到这种大学校里来考，得知取不取呢？幸而还好，我在商业取第一名，中学取第八名，此地取第三名。""那么你为什么终于进了这里？""我的母亲去同我的先生商量，先生说师范好，所以我就进了这里。"伯豪对我笑了。我不解他的意思，反而自己觉得很得意。后来他微微表示轻蔑的神气，说道："这何必呢！你自己应该抱定宗旨！那么你的来此不是诚意的，不是自己有志向于师范而来的。"我没有回答。实际，当时我心中只知道有母命、师训、校规；此外全然不曾梦到什么自己的宗旨、诚意、志向。他的话刺激了我，使我忽然悟到了自己：最初是惊悟自己的态度的确不诚意，其次是可怜自己的卑怯，最后觉得刚才对他夸耀我的应试等第，何等可耻！我究竟已是一个应该自觉的少年了。他的话促成了我的自悟。从这一天开始，我对他抱了畏敬之念。

他对于学校所指定而全体学生所服从的宿舍规则，常抱不平之念。他有一次对我说："我们不是人，我们是一群鸡或鸭。朝晨放出场，夜里关进笼。"又当晚上九点半钟，许多学生挤在寝室总门口等候寝室总长来开门的时候，他常常说："放犯人了！"但当时我们对于寝室的启闭、电灯的开关，都视同天的晓夜一般，是绝对不容超越的定律；寝室总长犹之天使，有不可侵犯的威权，谁敢存心不平或口出怨言呢？所以他这种话，不但在我只当作笑话，就是公布于全体四五百同学中，也决不会有什么影响。我自己尤其是一个绝对服从的好学生。有一天下午我身上忽然发冷，似乎要发疟了。但这是寝室总门严闭的时候，我心中连"取衣服"的念头都不起，只是蜷伏在座位上。伯豪询知了我的情形，问我："为什么不去取衣？"我答道："寝室总门关着！"他说："哪有此理！这里又不真果是牢狱！"他就代我去请求寝室总长开门，给我取出了衣服、棉被，又送我到调养室去睡。在路上他对我说："你不要过于胆怯而只管服从，凡事只要有道理。我们认真是兵或犯人不成？"

有一天上课，先生点名，叫到"杨家隽"，下面没有人应到，变成一个休止符。先生问级长："杨家隽为什么又不到？"级长说："不知。"先生怒气冲冲地说："他又要无故缺课了，你去叫他。"级长像差役一般，奉旨去拿犯人了。我们全体四十余人肃静地端坐着，先生脸上保住了怒气，反绑了手，立在讲台上，满堂肃静地等候着要犯的拿到。不久，级长空手回来说："他不肯来。"四十几对眼睛一时射集于先生的脸上，先生但从鼻孔中落出一个“哼”字，拿铅笔在点名册上恨恨地一圈，就翻开书，开始授课。我们间的空气愈加严肃，似乎大家在猜虑这“哼”字中含有什么法宝。

下课以后，好事者都拥向我们的自修室来看杨伯豪。大家带着好奇的又怜悯的眼光，问他“为什么不上课”。伯豪但翻弄桌上的《昭明文选》，笑而不答。有一个人真心地忠告他：“你为什么不说生病呢？”伯豪按住了《文选》回答道：“我并不生病，哪里可以说诳？”大家都一笑走开了。后来我去泡茶，途中看见有一簇人包围着我们的级长，在听他说什么话。我走近人丛旁边，听见级长正在说：“点名册上一个很大的圈饼……”又说：“学监差人来叫他去……”有几个听者伸一伸舌头。后来我听见又有人说：“将来……留级，说不定开除……”另一个声音说：“还要追缴学费呢……”我不知道究竟“哼”有什么作用，大圈饼有什么作用，但看了这舆论纷纷的情状，心中颇为伯豪担忧。

这一天晚上我又同他靠在长廊中的窗沿上说话了。我为他担了一天心，恳意地劝他：“你为什么不肯上课？听说点名册上你的名下画了一个大圈饼。说不定要留级，开除，追缴学费呢！”他从容地说道：“那先生的课，我实在不要上了。其实他们都是怕点名册上的圈饼和学业分数操行分数而勉强去上课的，我不会干这种事。由他什么都不要紧。”“你这怪人，全校找不出第二个！”“这正是我之所以为我！”“……”

杨家隽的无故缺课，不久名震于全校，大家认为这是一大奇特的事件，教师中也个个注意到。伯豪常常受舍监学监的召唤和训斥，但是伯豪怡然自若。每次被召唤，他就决然而往，笑嘻嘻地回来，只管向藏书楼去借《史记》《汉书》等，凝神地诵读。只有我常常替他担心。不久，年假到了，学校对他并没有表示什么惩罚。

第二学期，伯豪依旧来校，但看他初到时似乎很不高兴。我们在杭州地方已渐渐熟悉。时值三春，星期日我同他二人常常到西湖的山水间去游玩。他的游兴很好，而且办法也特别。他说："我们游西湖，应该无目的地漫游，不必指定地点，疲倦了就休息。"又说："游西湖一定要到无名的地方，众人所不到的地方。"他领我到保俶塔旁边的山巅上，雷峰塔后面的荒野中。我们坐在无人迹的地方，一面看云，一面嚼面包。临去的时候，他拿出两个铜板来放在一块大岩石上，说下次来取它。过了两三星期，我们重游其地，看见铜板已经发青，照原状放在石头上，我们何等喜欢赞叹！他对我说："这里是我们的钱库，我们以天地为室庐。"我当时虽然仍是一个庸愚无知的小学生，没有一点的创见，但对于他这种奇特、新颖而卓拔不群的举止言语，亦颇有鉴赏的眼识，觉得他的一举一动对我都有很大的吸引力，使我不知不觉地倾向他，追随他，然而命运已不肯再延长我们的交游了。

我们的体操先生似乎是一个军界出身的人，我们校里有百余支很重的毛瑟枪。负了这种枪而上兵式体操课，是我所最怕而伯豪所最嫌恶的事。关于这兵式体操，我现在回想起来背脊上还可以出汗。特别因为我的腿构造异常，臀部不能坐在脚踵上，跪击时竭力坐下去，疼痛得很，而相差还有寸许——后来我到东京时，也曾吃这腿的苦，我坐在席上时不能照日本人的礼仪，非箕踞不可——那体操先生虽然是兵官出身，幸而不十分凶。看我果真跪不下去，颇能原谅我，不过对我说："你必须常常练习，跪击是很重要的。"后来他请了一个助教来，这人完全是一个兵，把我们都当作兵看待，说话都是命令的口气，而且凶得很。他见我跪击时比别人高出一段，就不问情由，走到我后面，用腿垫住了我的背部，用两手在我的肩上尽力按下去。我痛得当不住，连枪连人倒在地上。又有一次他叫"举枪"，我正在出神想什么事，忘记听了号令，并不举枪。他厉声叱我："第十三！耳朵不生？"我听了这叱声，最初的冲动想拿这老毛瑟枪的柄去打脱这兵的头；其次想抛弃了枪跑走；但最后终于举了枪。"第十三"这称呼我已觉得讨厌，"耳朵不生？"更是粗恶可憎。但是照当时的形势，假如我认真打了他的头或投枪而去，他一定和我对打，或用武力拦阻我，而同学中一定不会有人来帮我。因为这虽然是一个兵，但也是我们的师长，对于我们也有扣分、记过、开除、追缴学费等权柄。这样太平的世界，谁肯为了我个人的事而犯上作乱，冒自己的险呢？我充分看出了这形势，终于忍气吞声地举了枪，幸而伯豪这时候已久不上体操课了，没有讨着这兵的气。

不但如此，连别的一切他所不欢喜的课都不上了。同学的劝导，先生的查究，学监舍监的训诫，丝毫不能动他。他只管读自己的《史记》《汉书》，于是全校中盛传“杨家隽神经病了”。窗外经过的人，大都停了足，装着鬼脸，窥探这神经病者的举动。我听了大众的舆论，心中也疑虑：“伯豪不要果真神经病了吧？”不久暑假到了。散学前一天，他又同我去跑山。归途上突然对我说：“我们这是最后一次的游玩了。”我惊异地质问这话的由来，才知道他已决心脱离这学校，明天便是我们的离别了。我的心绪非常紊乱：我惊讶他的离去的匆遽，可惜我们的交游的告终。但想起了他在学校里的境遇，又庆幸他从此可以解脱了。

是年秋季开学，校中不复有伯豪的影踪了。先生们少了一个赘累，同学们少了一个笑柄，学校似乎比前安静了些。我少了一个私淑的同学，虽然仍旧战战兢兢地度送我的恐惧而服从的日月，然而一种对于学校的反感、对于同学的嫌恶和对于学生生活的厌倦，在我胸中日渐堆积起来了。

此后十五年间，伯豪的生活大部分是做小学教师。我对他的交情，除了我因谋生之便而到余姚的小学校里去访问他一二次之外，止于极疏的通信，信中也没有什么话，不过略叙近状，及寻常的问候而已。我知道在这十五年间，伯豪曾经结婚，有子女，为了家庭的负担而在小学教育界奔走求生，辗转任职于余姚各小学校中。中间有一次曾到上海某钱庄来替他们写信，但不久仍归于小学教师。我二月十二日结婚的那一年，他作了几首贺诗寄送我。我还记得其第一首是："花好花朝日，月圆月半天。鸳鸯三日后，浑不羡神仙。"抵制日本的那一年，他有喻扶桑的《叱蚊》四言诗寄送我，其最初的四句是："嗟尔小虫，胡不自量？人能伏龙，尔乃与抗！……"又记得我去访问他的时候，谈话之间，我何等惊叹他的志操的弥坚与风度的弥高，此外又添上了一层沉着！我心中涌起种种的回想，不期地说出："想起从前你与我同学的一年中的情形……真是可笑！"他摇着头微笑，后来叹一口气，说道："现在何尝不可笑呢？我总是这个我……"他下课后，陪我去游余姚的山。途中他突然对我说道："我们再来无目的地漫跑？"他的脸上忽然现出一种梦幻似的笑容，我也努力唤回儿时的心情，装作欢喜赞成。然而这热烈的兴采的出现真不过片刻，过后仍旧只有两条为尘劳所伤的疲乏的躯干，极不自然地移行在山脚下的小路上，仿佛一只久已死去而还未完全冷却的鸟，发出一个最后的颤动。

一九二九年的暮春，我忽然接到育初寄来的一张明片："子恺兄：杨君伯豪于十八年三月十二日上午四时半逝世。特此奉闻。范育初白。"后面又有小字附注："初以其夫人分娩，雇一佣妇，不料此佣妇已患喉痧在身，辗转传染，及其子女。以致一女（九岁）一子（七岁）相继死亡。伯豪忧伤之余，亦罹此疾，遂致不起。痛哉！知兄与彼交好，故为缕述之。又及。"我读了这明片，心绪非常紊乱：我惊讶他的死去的匆遽，可惜我们的尘缘的告终，但想起了在世的境遇，又庆幸他从此可以解脱了。

后来舜五也来信，告诉我伯豪的死耗，并且发起为他在余姚教育会开追悼会，征求我的吊唁。泽民从上海回余姚去办伯豪的追悼会，我准拟托他带一点挽祭的联额去挂在伯豪的追悼会中，以结束我们的交情。但我实在不能把我的这紊乱的心绪整理为韵文或对句而作为伯豪的灵前的装饰品，终于让泽民空手去了。伯豪如果有灵，我想他不会责备我的不吊，也许他嫌恶这追悼会，同他学生时代的嫌恶分数与等第一样。

世间不复有伯豪的影踪了。自然界少了一个赘累，人类界少了一个笑柄，世间似乎比从前安静了些。我少了这个私淑的朋友，虽然仍旧战战兢兢地在度送我的恐惧与服从的日月，然而一种对于世间的反感，对于人类的嫌恶，和对于生活的厌倦，在我胸中日渐堆积起来了。

图书在版编目（CIP）数据

一念放下，万般自在：丰子恺散文精选集 / 丰子恺著. — 贵阳：贵州人民出版社，2020.5

ISBN 978-7-221-15320-3

Ⅰ. ①一… Ⅱ. ①丰… Ⅲ. ①散文集－中国－当代 Ⅳ. ①I267

中国版本图书馆CIP数据核字（2019）第110411号

书　　名	一念放下，万般自在：丰子恺散文精选集 yi nian fang xia, wan ban zi zai：feng zi kai san wen jing xuan ji
著　　者	丰子恺
责任编辑	黄彦颖
封面设计	陆　璐
出版发行	贵州出版集团　贵州人民出版社
社　　址	贵州省贵阳市观山湖区中天会展城会展东路 SOHO 办公区 贵州出版集团大楼（邮编：550081）
印　　刷	河北鹏润印刷有限公司
开　　本	840 毫米 ×1194 毫米　32 开
印　　张	8 印张
字　　数	157 千字
版　　次	2020 年 5 月第 1 版
印　　次	2020 年 5 月第 1 次印刷
书　　号	ISBN 978-7-221-15320-3
定　　价	55.00 元